# 祝祭と予感

祝 祭 と 予 感

目 次

# 祝祭と掃苔

「綿貫先生、ご無沙汰してます。今日は、なんとびっくり、あのマーくんが来てくれましたよー。そうです、子供の頃、あたしが道でナンパして無理やり引っ張ってきて、一緒に先生のレッスン受けてたマーくんです。マーくんは、あたしたちとの約束、守ってくれたんですよ。フランス行ってからすぐにピアノ習って、コンセルヴァトワール卒業して、今はアメリカでジュリアードに行ってて、ナサニエル・シルヴァーバーグが先生なんです。今年の芳ヶ江国際ピアノコンクールで優勝したんですよ。先生が言ってたとおり、やっぱりマーくんは凄かったですよー」

空は高く晴れ上がり、空気はキンと澄み切っていた。

黒い墓石の前にかがみこんだ亜夜の隣に、長身のマサルが並んでしゃがみこんだ。

「先生、マサルです。お久しぶりです。もっと早く来られればよかったんですけど、遅くなっちゃいました。それでも芳ヶ江のコンクールでアーちゃんに再会できたし、そもそも、僕がこうしてここに来られたのも、先生とアーちゃんのお陰です。本当にありがとうございます」

静かに手を合わせる二人。

雑司が谷の広大な霊園はひっそりとしていて、顔を上げればにょきっと伸びる高層ビルが視界に入る。そのコントラストには、知ってはいても目にする度にびっくりさせられる。

冬の陽射しは柔らかだが、じっとしていると地面から冷気が上がってきて、じわじわ身体に染み渡ってくる。

「さむっ」

立ち上がり、思い出したように身震いする二人。

「――へえー、これが日本のお墓かあ」

そう不思議そうに、少し離れたところで辺りを見回しているのは、風間塵である。

落ち着きなくひょこひょこと歩き回り、興味津々であちこち覗いている。

亜夜とマサルは顔を見合わせた。

マサルがピアノを始めるきっかけを作った、二人の亡き恩師の墓参りに来たのだが、なぜか関係のない風間塵が、強い興味を示してついてきたのである。

風間塵は、どこか無国籍な雰囲気が漂っていて、霊園でもなんとなく「浮いて」いた。

亜夜はじっとその姿を観察する。

やっぱ、不思議な子だなあ。

「そっか、風間塵は日本式のお墓って見たことなかったんだね」

「うん、初めて」

マサルはリュックを背負い直した。

「アーちゃんのママのお墓はどこにあるの？」

「横浜のほう」

「今回、時間ないからそっちには行けないなあ」

「パリ行きの準備しなきゃならないもんね」

芳ヶ江国際ピアノコンクールは、入賞者には特典として、コンサートツアーがある。

審査発表の翌日は芳ヶ江で、その次の日は東京で。それが昨日だ。あとはパリを残すのみ。長丁場のコンクールが終わったばかりなのに、かなりの強行スケジュールである。

ふと、思い出したようにマサルが風間塵を見た。

「そういえばさあ、前から聞きたかったんだけど、風間塵のお母さんてどこにいるの？　普段はフランスでお父さんと二人暮らしだって言ってたよね？　ねえ——ひょっとして、ご両親、離婚してるとか？」

マサルはどことなく遠慮がちに尋ねる。

それは亜夜もずっと聞きたかった質問だったが、プライベートな内容で、なんとなく聞きにくかったのである。

風間塵は、卒塔婆をしげしげと眺めたり、墓石の後ろをひょいと覗き込んだりしていたが「うちのお母さん？」と不思議そうに振り向き、思い出すように宙を見上げた。

「しばらく会ってないけど、確か今は日本で社長やってるんじゃなかったかなあ。いや、シンガポールかな？」

「社長？」

「待って、社長じゃなかったかも。似たようなやつ。えーと、コズミックソフトだっけ？」

「コズミックソフト？」

マサルと亜夜は同時に叫んでいた。伝説的な創業者が一代で築き上げた、世界最大級のソフトウエア会社である。

マサルはスマホを取り出して検索していたが「ひょっとして、この人？」と風間塵にスマホを差し出した。亜夜も覗き込む。

「あ、そうそう、これ」

風間塵は興味なさそうに頷いた。

そこには「コズミックソフトアジアＣＦＯ・風間澄佳」の名があり、写真まで出ていた。にこやかに微笑む、知的な美女。

「ひえー、これが塵のママ？　セレブじゃん」

「ＣＦＯって何？」

亜夜が尋ねると、マサルが答える。

「たぶん、財務関係の最高責任者」

「風間塵、ママ似だね」

「そう？　うちのお父さんに会った人は、お父さん似だねって言うけど。お姉ちゃんのほうがお母さんに似てるんじゃないかな」

「えっ、お姉さんいるの？」

亜夜とマサルはこれまた同時に叫んだ。二人とも、てっきり彼は一人っ子だと思っていたのだ。

「うん」

「お姉さんは、お母さんと一緒に住んでるの？」

つい根掘り葉掘り聞いてしまうのは、やはりこの少年に二人が並々ならぬ関心を抱いているからだろう。いったいどんなふうに育ってきたのか、どんな音楽生活を送ってきたのか、聞きたいことは山ほどある。

「ううん、どっかのバレエ学校に行ってる。モナコ？　だったかな？　あれ、ミラノだっけ？」

そのうろ覚えの表情を見るに、家族の情報をあまり把握していない上に、そんなに気にかけてもいないらしい。その大雑把っぷりが、風間塵らしいといえば「らしい」。

「ふうん。お姉さんはバレリーナなんだ」

「みんなバラバラに暮らしてるんだね。淋しくない？」

「うーん、ちっちゃい頃からずっとこんな感じだから、慣れてる」

三人で霊園の出口目指してぞろぞろ歩き出す。

今度は亜夜が思い出すような表情になった。

「そういえば、風間塵たら、芳ヶ江と東京と、どっちも『アフリカ幻想曲』のアレンジ変えて弾いてたでしょ」

ちらりと風間塵を睨む。

風間塵は、小さく肩をすくめた。

「バレてた？」

「バレてるも何もないよ。あんなに違ったら、誰でも気付くって。ネットでも話題になってたよ」

マサルが苦笑する。

元々、サン＝サーンスのピアノ・コンチェルト「アフリカ幻想曲」を風間塵が自らソロにアレンジしてコンクールの第三次予選で弾いたのだが、芳ヶ江と東京の入賞者ツアーで弾いたのもその曲で、彼はコンクールの時とはどちらも異なるアレンジで演奏したのだ。

「だって、お客さんも飽きちゃうんじゃないかなーと思って」

「飽きたのはお客さんじゃなくて、あなたでしょ」

「そもそも、コンクールの時って、楽譜通りに弾いたの？　先に楽譜提出してたでしょう？」

マサルが興味津々の顔で尋ねる。

「うん、提出してたし、楽譜通り弾いてたよ」

風間塵はきっぱりと頷く。

マサルは意外そうな顔になった。

「へえー。とても楽譜通りって雰囲気じゃなかったけどなあ。その場でアレンジして弾いてるみたいだったよ」

「あれは『絶対に一音も違（たが）えずに楽譜通り弾け』って先生に言われてたから、そうした」

「ホフマンに？」

「うん」

亜夜とマサルは、なんとなく顔を見合わせた。

やはり、ホフマンは相当戦略的に風間塵を芳ヶ江に送り込んできたのだ。コンクールという性格上、もし提出した楽譜通りに弾かなかったら、失格の可能性もあった。あくまでも、ホフマンは彼に賞を獲らせるつもりだった。少なくともつまらぬ理由で落とされないよう、風間塵に言い含めていたのだ。

「一回会ってみたかったなあ、ホフマン」

「マーくんの先生の先生だもんね」

「僕も、もう一度会いたいな」

風間塵の何気ない呟きに、二人はハッとする。

亜夜はその横顔をチラリと見た。

そうか、彼も恩師を亡くしているのだ。しかも、亡くなってからまだ一年経っていない。彼の恩師は弟子のコンクールの結果も知らない。もしかして、亜夜たちの墓参りについてきたのは、自分の恩師のことが念頭にあったからではないか。

ふと、浜崎親子の顔が浮かんだ。

昨日の東京での入賞者コンサートに、浜崎先生と奏、そして担当教授が揃って来てくれたのだ。三人ともニコニコしてとても嬉しそうで、改めて「入賞してよかった」と胸を撫で下ろしたっけ。

本当に、三人には長いことお世話になった。まだまだ足りないけど、少しでも恩返しができてよかった。

「パリかあ。あたし、初めて」

亜夜は話題を変えた。

「二人はホームグラウンドだもんね。いいなあ」

マサルはフランス育ちだし、風間塵はフランス在住だ。

マサルは首を振った。

「僕もフランス、久しぶりだよ。コンセルヴァトワールの時の先生が、みんな聴きに来てくれるって」

「パリも同じプログラムなんだよね？」

「事務局は、演奏時間さえ守れば、変えてもいいって言ってたよ」

「二回鬼火とソナチネ弾いたから、変えようかな」

亜夜は考えこむ。

「何にするの？」

「ショパンのバラードと『厳格なる変奏曲』にしようかな」

「僕もロ短調ソナタ二回弾いたし、ブラームスの変奏曲に変えたいなあ」

「じゃあ、僕がロ短調ソナタ弾くー」

風間塵があっけらかんとそう言ったので、二人は「あはは、それいいね」「みんなで曲交換したいねー」と受けた。

入賞者ツアーでそんなこと、できないけどね。

亜夜は内心、そう呟いた。

でも、風間塵のロ短調ソナタ、聴いてみたいな。どんな演奏なのか想像もつかない。

マサルが自分を指差した。

「じゃあ、僕が風間塵アレンジの『アフリカ幻想曲』弾くよ。あのアレンジ、気に入った。楽譜、売ってよ。あれ、どこかで弾きたいなあ」

「ああいうのって、著作権はどうなるの？」

亜夜が尋ねる。

「どうなんだろ。僕の先生に聞いてみる」

「おねえさん、セッションしようよー。こないだのあれみたいなの」

風間塵が無邪気に提案する。

「セッション？　二人で？　えーっ、いつのまにそんなのやったの？」

マサルが聞きとがめる。

亜夜は肩をすくめた。

「芳ヶ江の、うちの先生の知り合いのピアノ教室で、ね。忘れもしない、マーくんの『春と修羅』に衝撃を受けて」

「え？　それがどうして、二人のセッションになるの？」

マサルはきょとんとする。

「凄(すご)いんだよ、風間塵。完璧にマーくんのカデンツァ再現してたもんね。二人で再現してるうちになんとなく」

「ふうん。いいなあ。僕もやりたい。アーちゃんとラフマニノフの連弾する約束も果たしてないし」

「そういえばそうだったね」

亜夜は、歳月がつかのま巻き戻されたような気がした。

——一緒にラフマニノフを連弾できるまで練習しようって言ったのに。

そう叫んで大泣きした自分の声を思い出したのだ。

その彼が、今こうして目の前にいる。本当に、やろうと思えばラフマニノフの連弾ができるのだ。

改めて、巡り合わせの不思議を思う。

見上げるほどの青年。自信に満ちた横顔。

「あっ、連弾と言えば、聞いたよ」

マサルが風間塵を見る。

「何を？」

「風間塵とホフマンがセッションしたテープがあるんだって？　僕の先生が、今度、ホフマンの自宅に行って、探し出すって」

「えー、そんな音源があるの？」

今度は亜夜が目を丸くした。

「セッションって、クラシックで？」

「いや、即興だって」

「すごい、お宝だ。あたしも聴きたい」

「そんなテープ、あったかなあ」

当の本人は首をかしげている。

「あるかどうか分からないけど、探すってさ」

「ホントにナサニエル・シルヴァーバーグはホフマンのこと崇拝してるんだねえ」

「へえ、そうなの？」

風間塵がきょとんとするのを、マサルは不思議そうに見た。

「そういえば、風間塵て、まだ僕の先生とほとんど話してないよねえ。どっちもホフマンの弟子なのに」

「というか」

亜夜は風間塵を見た。

「あなた、審査員とあんまり話してないよね。いつもすぐに帰っちゃって」

「だって、お師匠と約束が」

亜夜は思わず噴き出した。

「みんな、風間塵の師匠っていうから、音楽関係だと思いこんでさあ。いったい誰なんだって、大騒ぎだったたんだから。まさかお花の先生だなんて、言いにくいったらありゃしない」

「風間塵、大学どうするの？　コンセルヴァトワールは聴講生だって言ってたよね」

「うーん。まだ決めてない。勉強したいことはいっぱいあるけど」

「理科系学部に行く音楽家は珍しくないよね」

「ピアノ、買ってもらうんでしょ。どこのにするの？」

この少年の自宅にピアノがないという話は、すっかり有名になってしまった。入賞できたので、買ってもらえるという。

「分からない。もしかすると、ホフマン先生のピアノを売ってもらうかも」

「ええっ、そんなこと聞いたら、また僕の先生が羨ましがるだろうなあ」

マサルは苦笑した。

「そうだ、僕の先生、風間塵と一緒にホフマンの墓参りに行きたいって言ってたよ」

「あ、それは嬉しい。行きたい」

風間塵はニコッと笑った。

その無邪気な笑顔に亜夜は見とれた。

ほんと、超天然なのよねえ。しかも、超天才の最後の弟子。ホフマンも、きっと、可愛かったんだろうなあ。

マサルも「敵わない」というように首を振ってみせた。

「僕もついていっちゃおうかな。どうせなら、パリの入賞者ツアーのついでに行ってくれないかなあ。ドイツまでひとっとびだし」

「それならあたしも行きたい」

「なんだか、入賞者ツアーというより、僕ら、墓参りツアーになってない？」

「掃苔ツアーね」

「なにそれ、ソウタイ？」

「墓参りのことをそう言うの」

「ふうん。漢字、むちゃくちゃ単語ありすぎだよ。難しすぎる」

マサルは伸びをした。

「さ、恵比寿(えびす)でラーメン食べようよ」

「ホントに激辛に挑戦するの？」

「うん。ずっと楽しみにしてたんだもん」

「もしお腹でも壊したら大変だよ。普通のにしときなよ。それでなくとも、ヨーロッパは遠いんだから」

「うーん」

「あれ、風間塵、どしたの？」

亜夜は、立ち止まって空を見上げている少年を振り返った。

じっと宙の一点を見つめている。


遥かな、高くて遠いところ。


「――ん、あ、なんでもない」

少しして、我に返ったように、少年は振り向いた。

「なあに？」

「なんでもない。空耳だよ」

「風間塵の耳は、特別製だからね」

「なんでもない」

少年は何度も首を振り、早足で亜夜とマサルのあいだに追いついた。

そして、もう一度だけニヤニヤしながらそっと後ろを見たが、その後は二度と振り返ることはなかった。

# 獅子と芍薬

なんということだ。

あまりのショックに、ナサニエル・シルヴァーバーグは呆然としていた。

なぜだ。

さっきから、その疑問ばかりが繰り返し浮かんでくる。

ふと、自分がひどく汗を掻いていることに気付いた。

なんでここはこんなに明るいんだ?

忌々しげに辺りを見ると、各賞の発表に、和やかな拍手が続いており、顔を上気させた若者の横顔が見えた。

ああ、まだ終わってなかったのか。

ここが舞台の上で、表彰式だということすら忘れていたのである。

人は言う。勝負は時の運だと。

そんなことは分かっている。下馬評がいかにアテにならないか。勝負は水もので、蓋を開けてみなければ分からない。そんなことは先刻承知だ。

だが、今回は。今回だけは。たった一回でいいのだ、他の時はどうでもいいし、残りをすべて負けてもいい。だが、今回だけは下馬評通りであってほしかった。ナサニエル・シルヴァーバーグが優勝確実。その大方の予想通りであってほしかったのだ。

ああ、それなのに——

一位なし。二位二人。

さっきその結果を耳にして以来、彼の時間は止まってしまっている。

一位なし。

その意味するところは明らかだ。優勝に値する者はいない。優勝に値する演奏をした者はいなかった。

もちろん、このコンクールがたいへんな難関で、めったに優勝者を出さないことは知っている。些か頑固なまでに格式も基準も高く設定された、由緒あるコンクールであり、このコンクールで一位なしの二位というのは、じゅうぶん音楽家のキャリアとして通用する順位であるということも。

だが、それでも——

一位なし。

それがどんなに屈辱的なことか、この女は分かっているのだろうか？

ナサニエルは、まるで異星人でも見るような目つきで隣に立っている少女を見た。

平然と、ふてぶてしいとすら言えるような落ち着いた横顔を見せて立っている若い東洋人女性を。

長い黒髪を後ろで一つに結わえている。整った横顔と、やたらと長い睫毛が目についた。

こいつさえいなければ。

しきりとそんな考えが浮かんでくる。

東洋人にしては背の高いほうであろうが、それでも大柄なナサニエルに比べると二十センチは低い。

さきほどから繰り返し、確かめるように彼女に目をやってしまう。

凜(りん)とした立ち姿。

顔も、東洋人にしては彫りが深く、目もぱっちりとして大きな黒目が印象的だ。

コンクール中、余計な情報はシャットアウトすることにしていた。

他のコンテスタントの演奏を聴くこともなく、噂や評判もなるべく耳に入れないようにして、ステージ以外は極力一人で、静かに集中して過ごすように努力していた。

それでも、やはりどこからともなく噂は入ってきてしまう。

日本人の若い女の子で、素晴らしくヴィヴィッドでドラマチックな演奏をするコンテスタントがいる。マルタ・アルゲリッチの再来のような――審査員も興奮し、絶賛している――彼女がダークホースになるかもしれない――

審査発表はむろん下位から始まる。

六人の入賞者のうち六位の名前からスタートし、次々と三位までが発表され、残り二人は、予想通り、この東洋人女性とナサニエルになった。

興奮と緊張が最高潮を迎えて、全会場の注目を集めた思わせぶりな間を置いて、その結果が発表されたのだった。

第二位、ミエコ・サガ。

わーっという大歓声。

少女の肩が凍りつくのが分かった。

ナサニエルは、その瞬間「やった」と思った。

パッと自分の顔が明るくなったのが分かる。

そう、下馬評通り。俺が優勝を勝ち得た瞬間だ、とすこぶる満足したとたん、声が聞こえてきた。

そして、同じく第二位、ナサニエル・シルヴァーバーグ。

えっ、と思った。

何が起きたのか、自分が何を聞いたのか、しばらくのあいだ理解できなかったのだ。

その瞬間の凄まじい喚声は、果たして驚きか嘆きか怒りか。とにかくものすごい喚声の中で、ナサニエルの時間は止まってしまったのだ。

いったいどれくらいの時間が過ぎたのか。

気が付くと、スタッフが脇にいて、ステージからの退場を促されていた。

トロフィーを手に、ぎくしゃくと歩いて袖に引き揚げる。

袖の暗がりでスタッフが拍手をしているが、まだナサニエルは強張った表情のまま、何も応えることができなかった。

と、彼の前を歩いていた少女がピタリと足を止めると、くるりとこちらを振り向いた。

燃えるような大きな目を見開いて、ぐいと顔を上げ、ナサニエルを睨みつけている。

それが憤怒の表情であることに気付き、ナサニエルは面喰らって、つられて足を止めた。

「×××××！」

一瞬、言葉が聞き取れなかった。

早口で何事かまくしたてられたが、意味が分からなかったのだ。

少女は顔を赤く上気させていたが、ふと、「あ、イギリス人か」と英語で呟き、もう一度英語で言い直した。

「何か文句あるってえの？　恨めしそうな顔で、やたらとこっちガン見しちゃってさ！　何よ、その連獅子踊れそうな頭は。あなたね、嚙み付きそうな顔でみじめったらしく睨んでないで、言いたいことがあるなら、はっきり言いなさいよ、はっきり！」

罵り口調ではあるものの、紛れもないクイーンズイングリッシュである。

それで、「あ、さっきのはスペイン語だったのか」と気付いた。

「レンジシ」が何なのかは分からなかったが、髪の毛が多いことを揶揄されたらしい。

ナサニエルは反射的に頭に手をやった。

そんなことを言われても、髪が多いのは生まれつきだ。あんたは生まれた瞬間から、髪の毛がふさふさしていてみんな驚いたと親から繰り返し聞かされたものだ。

それはともかく、いきなり正面からまくしたてられて、ナサニエルは目をぱちくりさせたまま、何も答えることができなかった。

感情の発露に乏しいと言われる日本人の、しかもおとなしく従順なイメージのある若い女性の口から、かのような激しい言葉が出てきたことに驚いたというのもある。その声が想像よりも低く、野太いと言ってもいいことも意外だった。

少女は顔を真っ赤にしてわなわなと身体を震わせていたが、突然、ぐしゃりと顔を歪ませた。

手にしたトロフィーにちらりと目を落とす。

「――あたしだって、文句言いたいわよ」

ぽろぽろと大粒の涙がトロフィーの上に零れ落ちる。

「二位なんて。二位だなんて――なんの役にも立ちやしない。これが最後のチャンスだったのに」

吐き捨てるような低い声。

そして、トロフィーを握りしめたまま、いきなり俯いて「うわーん」と大声で泣き出したのである。

ぎょっとした顔でスタッフが飛んできた。

「ミエコ、どうしたの?」

そして、呆然と立ち尽くしているナサニエルを睨みつけた。

「君、何を言ったんだね?」

みんなの視線が冷たい。

「いや、その、僕は何も」

ナサニエルは慌てて手を振った。

「いきなり泣き出して――ねえ、泣かないでよ」

ナサニエルはおろおろと少女を宥めにかかった。

身体に触れていいものか分からず、所在なげに手を動かす。

「ごめん、君を何度も睨みつけてたのは確かだし、失礼だった。謝るよ。決して君を非難してたわけじゃない。その、自分のことが——自分がふがいなかっただけで」

しかし、少女は泣き止まない。ますます泣き声が大きくなった。

泣きたいのはこっちだ。

そう思ったとたん、ナサニエルは自分も必死に嗚咽を押し殺しているのに気付いて動揺した。

そう。俺だって泣きたい。

悔しい。ふがいない。情けない。

目を伏せ歯を食いしばったが、こらえきれなかった。

ナサニエルまで泣き出したので、スタッフはあぜんとして顔を見合わせている。

それからひとしきり、舞台の袖でスタッフが見守る中、若い男女の泣き声が二重唱のごとく重なりあい、響き渡ったのであった。

ミュンヘンで二人が初めて出会ったあの時。

ナサニエルは十七歳、三枝子（みえこ）は十八歳だった。

外交官だった父親について家族と共に小学校をロンドンで、中学と高校をマドリードとブエノスアイレスで、日本と行ったり来たりで過ごした三枝子は、当時はスペイン語が生活のメインだったので、とっさにスペイン語で罵ったらしい。

ナサニエルが三枝子と本物の『連獅子』を観たのは、ずいぶんあとのことである。

二人が結婚して、三枝子と日本に里帰りした時に、東京の歌舞伎座でたまたまその演目が掛かっていたのだ。

初めてそのビジュアルを目にした時、ナサニエルは文字通り目が点になった。

獅子がライオンのことだとは知っていたが、そのビジュアルはあまりにも彼の想像とは異なっていたからだ。

あれが獅子？　あの赤と白のウイッグがたてがみ？

そうよ。あなたの頭にそっくりでしょ。

いくらなんでも、あんなに多くはないだろう。

ううん。あなたがキレて髪の毛振り乱してるところはまさにああいう感じよ。

舞台の上で、ぶるんぶるんと長い紅白のウイッグが揃って宙を回っている。

あんな感じ？　俺が？

絶句しているナサニエルの隣で、三枝子は必死に笑いを嚙み殺していたっけ――

「――ナサニエルさん、何かおつまみ、お出ししましょうか？　お連れさん、まだのようですね」

ナサニエルは回想から覚めてハッとした。

東京都心、銀座の外れにある鮨店。

大通りを何本か外れた路地にある店で、繁華街にあるとは思えぬ静けさである。

カウンターの中から、初老の男性が微笑んでいる。

「いや、いいんだ。待つよ、大将」

ナサニエルは首を振った。もう長いつきあいになる顔なじみの大将は、「承知しました」と言ってそれ以上は何も言ってこない。

彼は再び回想に戻る。

そう、三枝子との出会いの印象は強烈であるのと同時に最悪だった。

しかし、予期せぬことに、間を置かずして意外なところで再会することになったのだ。


あの当時は、まだ国際コンクールといっても至極のんびりしていた。

スケジュールも今のようにぎゅうぎゅうづめではなく、日程にも余裕があった。入賞者コンサートまで一日休みがあって、その間も大した取材はなく、比較的放っておいてもらえた。ましてや、メディアの露出度は今とは比べ物にならなかったから、コンクールを観に行った観客でもなければ、街を歩いていてもコンテスタントだ、入賞者だと気付かれることもなかった。

なので、翌日、ナサニエルは気を取り直して、とあるホールに向かった。

そこでその日にコンサートが開かれていることは知っていた。チケットはとうに完売していたので、聴くことは叶わなかったが、彼の目的はコンサートを聴くことではない。

コンサートホールの前のカフェで時間を潰し、終演時間を待つ。

アンコールが長いのか、予定時間を過ぎてもなかなか観客は出てこなかった。

じりじりしながら待つあいだ、コンクールの時よりも緊張していることに気付いた。

と、スタッフが出てきて、大きく正面の扉が左右に開かれ、中から上気した顔の客たちがどっと溢れ出してくる。

終わった。

ナサニエルは弾かれたように立ち上がり、急いでホールの楽屋口のほうに向かった。

少し離れたところで、決して出てくる人を見逃さぬよう、同時に見咎められぬようにじっと窺う。

晩秋のミュンヘン。じっと立っていると、石畳からひしひしと冷気が立ちのぼってくる。しかし、ナサニエルの頭には血が昇り、心臓の鼓動はばくばくいっているし、演奏の時にはおよそ感じたことのない不安と焦燥に押し潰されそうだった。

と、楽屋口の扉が開いた。

見覚えのある、痩せた長身の男が出てくる。

今だ。

そう思って、ナサニエルが飛び出そうとした瞬間である。

彼よりも早く、その男に素早く駆け寄った影があった。

長い黒髪に、キャメルのコートを着た、東洋人の若い女。

えっ？

ナサニエルは不意を突かれて、立ち止まってしまった。

あれは、昨日舞台袖でナサニエルを罵倒し、大泣きした女ではないか。なぜこんなところに？

男は、つかのま驚いた顔をしたが、すぐにいつもの無表情に戻り、身振り手振りを交え、何事かを懸命に訴える彼女をじっと見下ろしていた。

なんなんだ、いったい。

ナサニエルは呆然としていたが、いや、こんなところにいるわけにはいかない、あの女が何の用かは知らないが、俺も行かなくては。

彼も急いで駆け寄り、「ハウザーさん」と叫んだ。

少女が振り向き、「えっ」という顔になり、長身痩軀（そうく）の男は「おや」という表情になった。

「なんでここに」

少女は絶句したが、「ホフマン先生にお取次ぎを」とナサニエルが叫ぶと更に目を丸くして、目の前の男を見上げた。

「おや、ミスター・シルヴァーバーグも。ご無沙汰しております。よもやお二人ご一緒にこんなところでお目にかかれるとは」

長身痩軀、年齢不詳の（彼は物心ついた時からずーっと年寄りという印象だった。きっと若い頃から老け顔だったのだろう）男は、至極落ち着いた表情で二人を交互に見た。

もはや、ユウジ・フォン＝ホフマンと同じく、伝説的な存在となっている、ホフマンの教育係にして執事にして秘書にしてマネージャーである、フリードリヒ・ハウザーである。ホフマンに接触するためにはいかにこのフリードリヒ・ハウザーという壁を攻略するかが、全世界のプロモーターと業界人の課題とされてきた。

そして、「そうそう」と何かをわざとらしく思い出したように笑ってみせた。

「申し遅れました。結果は聞きましたよ。お二人とも、ミュンヘン『第二位』おめでとうございます。さすが、前評判通り、大したものです」

二人はぐっと詰まった。

明らかに目の前の男が「第二位」を強調したからである。

「――でも、最高位です。上はいません」

少女がキッと顔を上げ、果敢にそう言った。

「先生は、優勝したら弟子にしてくださると約束してくださいました。最高位であるのなら、その条件は満たしたと言えるんじゃないでしょうか」

ナサニエルは目を剝いた。

なんだと？　俺だけでなく、この女もホフマン先生にそう言われていたというのか？

ナサニエルは激しく動揺した。

ミュンヘンで優勝したら、弟子にしてもらえる。

そう約束したのは、自分だけだと思っていたし、そう約束できたことを密かに誇らしく思っていたのに、よもや他にも同じことを言われていた人間がいたなんて。

激しく動揺しつつも、ナサニエルは負けじと声を張り上げていた。

「それは、僕も同じです。優勝したら、弟子にしていただけると約束していただきました。先生と直にお話ししたいです。どうぞ、お取次ぎをお願いします」

「はて」

ハウザーはわざとらしく耳をほじった。

「ひょっとして、私は何か聞き間違っているんでしょうか？　私がお聞きしたところによれば、今回のミュンヘンのピアノ部門は『一位なし』の『二位』二人。優勝者はいない、と聞いたんですが、私に教えてくれた方が間違えたとでも？」

再び二人はぐっと詰まり、絶句してしまう。

滑るように、黒塗りの車が近付いてきた。

ハウザーは腕時計に目をやった。

「先生は、ご予定がありますので、これにて失礼いたします」

と、楽屋口の扉が開いてグレイのコートを着た影が現れた。

「ホフマン先生！」

少女とナサニエルが同時に叫ぶ。

彼らが弟子となることを熱望しているその人、ユウジ・フォン＝ホフマンは、「おお」と二人を見つけてニッコリ笑った。

その笑顔だけで、二人はぽーっとなって立ちすくんでしまう。

がっしりした体軀、べっこう色の丸い眼鏡。その包容力あるオーラ。

世界の音楽ファンを魅了する、生ける伝説、稀代のマエストロ。

「聞いたよ、おめでとう、ミュンヘン。二人とも、よくやった」

「先生」

駆け寄ろうとする二人を、ハウザーがシビアに制する。

ホフマンは鷹揚に笑って、手を振った。

「いやあ、優勝できなかったのは残念だったね。僕も残念だよ。だが、君たちならば大丈夫だ。リンデマンも、カミンスキーも、超一流の教師だ。君たちのことをよく見てるし、よく育てている。彼らに付いているのは、正解だよ。これからも精進したまえ。楽しみにしているよ」

そう言い残して、マエストロはさっさと車に乗り込み、ハウザーがその後に続いた。

走り去る車、取り残される若い二人。

呆然と立ち尽くしたのち、ふと我に返ったように顔を見合わせた。

気まずい沈黙。

またしても、少女の顔にじわじわと憤怒の表情が浮かぶ。

まさに「嚙み付きそうな」顔。

「ホントなの？　ホントに、あなたもホフマン先生と約束したの？」

その懐疑的な口調に、ナサニエルはムッとした。

「それは、こっちの台詞だよ。そっちこそ、優勝したらってホントにホフマン先生に言われたの？　僕だけだと思ってた」

「まさか、嘘だと思ってるの？」

少女の顔つきが一層険しくなる。

ナサニエルは小さく鼻を鳴らした。

「いやあ、正直、これまでに全然君の噂を聞いたことがなかった。僕は、それなりに実績があるからね」

少女は明らかにカチンと来たらしい。

「あたしだってあるわよ。あたしは、ちゃんと先生に演奏を聴いてもらって、直に約束したのよ」

「えっ」

ナサニエルはまたしても動揺した。

彼は、直にホフマンと約束したわけではない。

天才少年の誉れ高かった彼は、十歳の頃から既にリサイタルを何度も開いているし、そこにホフマンが数回聴きに来ていたという話を聞いて、ツテを頼って頼み込んだのだ。確約を得たのは間違いないが、直に話はしていない。

こいつは、ホフマン先生と直に。

強烈な焦りと嫉妬と、ある種裏切られたというような怒りと悲しみとがごちゃまぜになって込み上げてくる。

こいつさえいなければ。

口には出さなかったが、その思いは彼女に伝わったらしいし、その目付きから同じことを彼女も考えていることが分かった。

しばし、睨み合う二人。

だが、ここでこうしているのは時間の無駄だと同時に思いついた。

「ふん」

二人は思い切り険悪な空気のまま、そのまま左右に分かれて一度も振り向かずに足音も高くその場を立ち去ったのである。

あの日、楽屋口でホフマンに直訴してあえなく玉砕した二人。

その後、何事に対しても潔い三枝子はすっぱりあきらめて日本に帰り、入学の決まっていた日本の音楽大学に進んだ。もっとも、一年もしないうちにかねてから誘いのあったパリの国立高等音楽院に留学し、そのままパリを中心に演奏活動をすることになる。

いっぽう、何事に対してもあきらめの悪いナサニエルは、その後もストーカーのごとくホフマン（とフリードリヒ・ハウザー）にまとわりついたため、一年後には根負けしたホフマン（とフリードリヒ・ハウザー）に、月に一度は、ハンブルクのホフマンの自宅に通ってレッスンを受けるという形を承諾させ、ついに押しかけ弟子となったのだった。もっとも、ホフマンに「師事している」とは互いに公には認めない、という条件付きではあったが。

そう、当時のナサニエルはかなり神経質なところがあり、小さなことにいつまでもくよくよしてしまうのが常だった。そんな自分をいつも嫌悪していたが、どうにもならないのが性格というものである。

だから周囲も、彼の才能は認めつつも、腫れ物に触るようにしているのがよく分かった。そんなふうに扱われるのもまた苦痛であったが、それが苦痛であることもうまく伝えられず、より神経質になってしまう、という悪循環に陥ってふさぎこむ、というのがいつものパターンだった。

もう忘れよう、もう気にすまい。

この時も、割り切れない気分を引きずったまま翌日の入賞者コンサートを迎えた。演奏に集中しなければ。もうコンクールは終わった、今日はお祭りなのだ。

そう自分に言い聞かせるのだが、それでも楽屋口の裏に立ち尽くしていた時の苛立ち(いらだ)ちと嫉妬、焦燥と後悔が繰り返し襲ってきて、胸の中がざわざわと泡立つ。

自分の出番が近付いてきても、なかなか気持ちは落ち着かなかった。

くそ。

舞台袖で順番を待ちながら、彼は椅子の上で頭を抱えた。

こんなだから——こんな性格だから、あんな中途半端な結果になってしまうんだ。望んだ結末がついてこなかったんだ。

そんな考えが頭に浮かんでくると、またしても悔しさと忌々しさが込み上げてくる。音を出さずに深い溜息をつく。

ああ、こんなことにくよくよしている場合じゃないのに。これからお客様の前に出なければならないというのに。

彼はすべてを呪った。ホフマンを、コンクールを、そして何よりも自分を。こんなぐちゃぐちゃした気分で、どうして舞台になど出られよう。

そう絶望した次の瞬間。

ナサニエルの前を、鮮やかな風のようなものが通り過ぎてゆき、彼はふと顔を上げた。

深いブルーのドレスを着た少女がするりと彼の前を通り過ぎ、その残像が彼の中に焼きつく。

後ろでひとつに結わえた長い黒髪が躍り、宙に軌跡を描いた。

嵯峨三枝子。

彼と同じく二位の少女。

この二日間、怒った顔と泣いた顔しか見ていない少女。

しかし、その瞬間、彼の前を通り過ぎた少女の横顔は、違った。

ほんの一瞬垣間見た横顔は、かすかに微笑んでいた。

そのことに、ナサニエルはびっくりしていた。

そして何より――彼女の横顔には、神々しい期待と歓びが漲っていた。

これから音楽するのだ、という歓び。自分の音楽を届けるのだ、という歓びが。

ナサニエルは思わず背筋を伸ばしていた。

彼女の横顔を目にした瞬間、それまでのどんよりした気持ちがどこかに吹っ飛んでいた。

盛大な拍手が聞こえてくる。

静寂。

そして、演奏が始まる。

ナサニエルの耳に、扉越しであってもその音はすんなりと心地よく飛び込んできた。

ショパンのピアノ・ソナタ第三番。

思えば、少女の演奏を聴くのはこれが初めてだった。

噂で聞いた会話の断片が蘇ってくる。

素晴らしくヴィヴィッドでドラマチック――

本当だ。

ナサニエルは衝撃を受けていた。

なんて――なんて、心の震える音。

実際、彼は自分がかすかに震えているのに気付いた。

全身に染み入る、しなやかでみずみずしい音。

心の奥の柔らかい部分を揺さぶる、どこか懐かしく、それでいて笑い声が聞こえてくるような茶目っ気もある音。

少女のような清らかさもあり、成熟した女の官能もあり――

いつしか、目を閉じてじっと聴き入っていた。

どんよりとして澱んでいた胸の中の色彩があっというまに洗い流され、澄んだ薫風が吹きぬけてゆくかのよう。

彼は心ゆくまで楽しんだ。吸い込んだ。堪能した。彼女の音楽を――彼女が音楽する歓びを。

あっというまに彼女の演奏は終わり、割れんばかりの凄まじい拍手が舞台袖まで響いてきた。

ナサニエルは思わず立ち上がっていた。

扉が開き、戻ってくる少女が逆光の中に見える。

何度もアンコールに出ていく少女。

観客の熱狂がスタッフにも伝染し、誰もが少女に祝福を伝える。

少女はこの上なく晴れやかな笑顔で来た時と同じように彼の前を通り過ぎて引き揚げていった。

鮮やかな風。

「――時間です」

そうスタッフに声を掛けられた時、ナサニエルは自分が凪いだ海のように穏やかで気力に満ちていることに気付いた。

そうだ、何を恐れることがあるだろう。


ナサニエルは、袖に立った。

自分は音楽するためにここに立っている。自分の音楽を届けるためだけに、ここにいる。

それがたまたまミュンヘンだったに過ぎない。一位とか、二位とか、弟子になれるとかなれないとか。それはささいなことでしかなく、目的はあくまでも音楽すること。それ以上、いったい何を望むというのか。

扉が開く。

拍手に包まれ、明るい光の中に、ナサニエルは自信に満ちた足取りで進み出た。

「――ねえ、なんでこんなところに隠れてるの？」

そう声を掛けられ、ナサニエルはハッとした。

賑やかな喧噪。

入賞者コンサートの後のパーティ会場は大盛況で、息苦しいほどだ。

そこここで入賞者を囲む島が出来ていて、そのあいだを回遊する音楽関係者が営業用の明るい笑い声を立てている。

ナサニエルは、パーティと名のつくものは苦手だった。

最初のうちは我慢して次々と現れる業界人やらパトロンやら審査員やらと話を合わせていたが、元々座持ちのいいほうでも、愛想のいい人間でもない。

相手もそう気付いたためか、ナサニエルのところに長く留まる人間は少なかった。

パーティの中心にいるのは、あの東洋人の少女である。

彼女が現れたとたん、それこそ大輪の花が咲いたかのように誰もが目を引き寄せられたのが分かった。

髪を結い上げ、着物で正装した彼女は、文字通り輝いていた。

クリーム色の生地に淡いグリーンや紫のグラデーションの入った着物には、花弁の多い白い花が描かれていて、なんともいえぬ品格がある。帯は銀。背中は複雑な形の立体になっていて、いったいどうやって折ったのか見当もつかない。

彼女の周りだけがどんどん人垣が大きくなってゆくのに気後れし、ナサニエルはここそと会場の隅に避難していた。

それでも、そんなに気分は悪くなかった。

入賞者コンサートで得た手応えに、意を強くしていたというのもある。

これまでに感じたことのない、おのれの心が解き放たれたような演奏ができたという実感があったし、これからもぶれずにやっていける、という確信を得られたことに満足していたのだ。

この境地になったというだけでも、このコンクールに参加した甲斐があったというものだ。

そう晴ればれした心地でコンサートでの手応えを反芻し続けていたところに、不意に声を掛けられたのである。

「え？」

一瞬遅れて振り向くと、そこには大きな目をした東洋人の少女が立っていたので、ナサニエルは面喰らった。

「なんでここに」

「あー、お腹空いた。全然食べる暇がなくって」

少女は、お皿に載った料理を掲げてみせた。

なるほど、食事に来たわけか。

少女は、スモークサーモンを口に放り込み、もぐもぐと噛み締める。

「あなた、食べてる？」

「言われてみれば、全然だなあ」

「何か取り分けてきてあげようか」

少女が動こうとしたので、ナサニエルは慌てて手を振った。

「とんでもない。いいよ、僕はそんなにお腹は空いてないから」

「そうなの？」

少女は次々とお皿の上の料理を胃袋に納めていく。

その旺盛な食欲にあっけに取られつつも、そこで初めて、ナサニエルは自分の目の前に立っているのがたいへんな美少女であることに気付いた。

艶やかな黒髪、形のよい眉、けぶるような長い睫毛、紅を差したふっくらとした唇。

「――ええと、これは、バラの花？」

見とれていたことをごまかすように、ナサニエルは小さく咳払いをすると、少女の着物に描かれた花に目をやった。

「ううん、芍薬っていう花よ」

「日本の花？」

「東洋には多いわ。日本では、美しい女性を表現するのに『立てば芍薬、座れば牡丹、歩く姿は百合の花』っていうたとえがあるの」

「美しい女性。自分で言うなんて、ずいぶん自信があるんだね」

ナサニエルが皮肉めいた口調で言うと、少女は肩をすくめた。

「――しょせん、戦闘服だもん」

冷めた声の思いがけぬ単語が聞き取れなかった。

「え？」

少女は近くのテーブルに空っぽになった皿を置き、紙ナプキンを手に取ると唇を軽く拭った。

「うちの父がいつも言ってるの。西欧の価値観がスタンダードになっているこの世界で生きていくためには、社交と外交が必要だって。外交官にとって、パーティ会場は戦場だ。だからおまえも、クラシック音楽界という、それこそ西欧の価値観の固まりみたいな場所で生きていくつもりなら、パーティ会場ではしっかり武装して、顔と名前を覚えてもらって、自分を売り込んでこいって」

「へえー」

あっけらかんとして、爽快な返事だった。

うぬぼれの強いわがままな女の子、というイメージがサッと塗り替えられたのを感じる。

彼女は、価値観も文化も異なる遠い極東の国からやってきて、一人異国で戦っている、シビアな十八歳の戦略家なのだ。

「――でも、それはあなただって同じでしょ」

彼女は鋭い目でナサニエルを一瞥(いちべつ)した。

「僕が？」

ナサニエルがきょとんとすると、少女は彼の隣に並んで立った。

「あたし、あなたのこと知ってたわ。十歳でデビューした神童で、天才だって。ブエノスアイレスまで噂が流れてきた」

少女はパーティの人波に目をやる。

「楽しみにしてきたの。あなたの演奏、全部聴いたわ。素晴らしかった。あたしも頑張ろうって思った。負けたくないって頑張った。今日のラ・ヴァルスもよかったなあ」

「君のショパンも素晴らしかったよ」

ナサニエルが素直にそう言うと、少女は驚いたように彼を見た。

まさか、彼が彼女の演奏を誉めるとは思わなかったらしい。

「嬉しい。ありがとう」

少女はニッコリ笑うと、はにかむように前を見た。

ナサニエルはどぎまぎして、顔が熱くなるのを感じる。

正面で見た彼女の笑顔が素晴らしかったからだ。

少女は、また真顔に戻った。

「でもダメよ、いくら天才少年だからってこんなところに引っ込んでいちゃあ。この世界、ぼうっとしてるとどんどん次の天才が出てくるんだから。あなたもここで生きていくなら、壁の花なんか、ダメ」

ナサニエルは少女の顔を見た。

生きていく。この世界で。

何かがすとんと腑に落ちる感触があった。

「うん」

ナサニエルは、無意識のうちに何度も頷(うなず)いていた。

「うん、そうだね」

少女はニタッと笑い、人波のほうを指差した。

「ねえ、あっちにバイエルンとリヨンのオーケストラの芸術監督が来てるのよ。ミュンヘンでコンサートがあったから、たまたま寄ったんだって。ダメ元だけど、定期演奏会のソリストに使ってくれないかって売り込みに行かない？　ミュンヘン最高位の二人のセット、日替わりでどうかって」

「ええっ、君とセットで？」

ナサニエルは顔をしかめた。

少女は「ふん」と鼻を鳴らす。

「仕方ないでしょ。『優勝者はいない』んだから、セット販売にでもしないと」

ナサニエルは小さく笑った。彼女が『優勝者はいない』とフリードリヒ・ハウザーそっくりの声色で言ったからである。

「よし、やってみるか」

少女はガッツポーズをした。

「やったあ。あたし一人だけじゃ心許なくってさ」

「なんだよ、最初からそのつもりで僕のところに来たのか」

「いいじゃない、損はしないわ」

二人は人混みを掻き分け、勇んでパーティ会場の中心のほうへと進んでいった。


あれが、二人の始まりだった。

オーケストラへの売り込みは成功しなかったけれど、互いに連絡先を交換して別れた。

そして、あの時、ナサニエルは彼女に恋をした。振袖を「戦闘服」と言い切った彼女に。「ここで生きていく」と宣言した彼女に。

一年後にはパリで再会し、彼は彼女に会うためにロンドンからパリへと通い、彼女から離れられなくなって求婚し、結婚し、やがて別れ――

「ちょっと、あなた、どうして何も食べてないの？　あたし、遅くなるから先に始めてててねって何度も言ったじゃないの」

記憶の中のものと同じ、相変わらず些か低くてドスの利いた声が降ってきて、ナサニエルは回想から覚めた。

顔を上げると、あきれ顔をしてこちらを睨みつけている嵯峨三枝子の顔がある。

あれから三十年以上の歳月が流れている。

確かに、互いに歳は取った。それぞれが別の相手とのあいだに子供ももうけた。

その顔に相応の年輪は刻みこまれているものの、彼女のあの目の光とエネルギーは今も変わらない。

ナサニエルは慌てて座り直した。

「ああ、ミエコ、着いたのか」

「着いたのかじゃないわよ。お腹空いたでしょう。もう、なんで食べないの。大将も大将よ。この人、ほっといたらいつまでも何も食べないんだから、どんどん目の前に置いてやってくれればよかったのに」

「すみません、気がきかなくて」

がみがみいう三枝子に、カウンターの中の大将が頭を掻く。

「いや、僕が大将に待つって言ったんだよ」

ナサニエルは手を振り、カウンターの下から小さな花束を取り出した。

「はい」

三枝子は面喰らった顔になる。

「ええと、今日は何日？　どっちの誕生日でもないわよね？」

受け取りつつ、三枝子は隣に腰を下ろした。

「僕らが初めて出会った日の記念さ」

「初めて出会った日？」

三枝子は記憶を探る目つきになった。

「いつのことを指しているの？」

「ミュンヘンの入賞者コンサートの日」

「あら——そうだったかしら？　今日だった？　それを言うなら、最初に会ったのは、表彰式だったと思うけど」

三枝子は首をかしげた。

「いいんだ」

ナサニエルは小さく笑う。


僕がミエコに真に「出会った」と思った日だから。

「ふうん。ヘンなの。まあ、いいわ。ありがと」

三枝子は花束につかのま鼻を付け、香りを吸い込んだ。

「あら、いい香り」

微笑んで、そっとカウンターに花束を置く。

「で、どうだった。春の音楽祭の打ち合わせもしてきたんでしょ」

「うーん、それがねえ、事前に聞いてた話とは全然違っててさ」

これまでのブランクなど忘れて話しこむ二人の前に、シャンパンのグラスが運ばれてきた。

# 袈裟と鞦韆（ブランコ）

いのち短し、恋せよ乙女。

菱沼忠明は、自分が無意識のうちにそう口ずさんでいたのに気付き、苦笑した。

志村喬か、俺は。

菱沼は、そっと周囲を見回した。

夕暮れの児童公園。

ぶるっと身体が震えた。

四月も半ばを過ぎ、東京の桜はとっくに散った。春だと言っても日が暮れてくると思いのほか冷える。

思わず、コートの襟を合わせた。

御歳六十七になる年寄りが、夕暮れの公園のブランコに座っている。その状況に、黒澤明の映画『生きる』を連想していたらしい。

志村喬があの余命いくばくもない小役人を演じた時は、まだ四十代だったはず。老け役を演じていたせいもあったろうが、そもそも昔の俳優は今よりもずっと大人っぽく、元から老けていた。

還暦をとうに過ぎ、見た目はじゅうぶん年寄りなのに、未だに自分が大人になったという実感を持てない菱沼の脳内では、今ここにこうしてブランコを漕いでいるのは、せいぜい四十歳になるかならないかという青二才である。

思い出したようにコートのポケットから煙草を取り出す。

今日び、いずこも煙草には厳しいが、夕暮れで無人の公園だ。どうにも一服せずにはいられなかった。いや、ここ数日、一服することすら忘れていたのだ。

葬式帰りだった。

昨日の午後に盛岡入りして市内の寺でお通夜。一泊して午前中の告別式に出て、東京に戻ってきたところだった。

彼の地はまだ寒く、桜は咲いていなかった。弔問客は、誰もが皆、重いコートに身を包んでいた。

なんだってまあ、あんな若い奴が俺よりも先に逝くんだよ。神も仏もない、つうのはこういうことを言うんだな。

菱沼はいまいましげに煙を吐き出した。

不意にその煙が目にしみて、ぱちぱちと瞬きをする。

「先生、うまく書きとめられないんです。音ははっきり鳴ってるんですけど、音符にするとどこか違う。頭の中で鳴っているのとは全くの別モノに感じるのは、僕の絶対音感の精度がよくないせいでしょうか」

訥々と、それでいてつっかかるような喋り方をする男だった。

小山内健次、という名前だった。

作曲科の授業で一年教えたことはあるが、彼がついていたのは別の教授だったので、特に弟子というわけではなかった。

才気に溢れた学生たちのあいだで、彼は少々異質だった。

名の知れた音大の作曲科に入るには、それなりの準備をしていないと不可能である。早い時期から誰かに指導してもらい、作曲を学ぶ。過去の入試の課題を研究し、「傾向と対策」を協議する。実際の入試は二日がかりで交響曲を作曲する、などという課題なのだから、基礎を学んでいないと受験することすら叶わないのだ。

なので、音大に入るような学生は、高校時代、早い者だと中学くらいから誰かについているから、だいたい教授とも顔見知り、みたいなことになる。

どちらかといえば「都会的」な学生が多い中で、彼は浮いていた。

きちんとしたスマートな既製品、みたいな学生たちと違って、持っている空気感が「広い」のである。

歩いているだけで、彼と一緒に開けた空間がやってくる。そんな印象を受けたものだ。空気感だけで、彼があのへんにいるな、と分かるくらいだった。

「おまえんちは、家業はなんなんだ？」

ある時菱沼がそう尋ねたら、岩手でホップ農家やってます、と答えたのでやけに腑に落ちた。

「重労働なんです、収穫。なにしろ、こーんな高さがありますからね」

彼は大きく手を伸ばしてみせた。

写真でホップの農場を見せてもらったことがある。

それこそ高さ十メートルはありそうな壁みたいなところに、一面の薄緑色のホップが実をつけていた。

「こんなん、どうやって収穫するんだ？」

「最近は専用の機械もありますけど、基本、ハシゴのぼって人が穫るんですよ」

「そりゃ大変だ。俺なんざ、上向いてるだけでたちまち立ちくらみして墜落しちまうな」

アハハハ、と彼は愉快そうに笑った。

おおらかではあったが、神経質なところもあった。決して器用なタイプではなかったので、他の学生たちのように、放送業界やゲーム業界に出入りして小さなコンテンツをちょこちょこ作り、アルバイトして稼ぐ、ということはできなかった。どちらかといえば寡作の部類に入るだろう。

頭の中で鳴っているのとイメージが違う。

よくそう言って悩んでいた。

それは絶対音感のせいではなく、純粋にテクニックの問題であり、楽譜というものの宿命なのだ。

菱沼は、彼が不安を打ち明ける度に、粘り強く諭した。

楽譜というのは、音楽という言語の翻訳であり、そのイメージの最大公約数でしかない。演奏者はその最大公約数から作曲家が考えた元のイメージを推測するわけだが、決して外国語の翻訳が元々の意味と完全に一致することがないのと同様、作曲家のイメージと違って当然なのだ。

だがしかし、脳内のイメージに近く演奏できるような記譜のテクニックは存在する。それを学ぶのだ。

不安げな顔で菱沼の言葉を聞いていた彼の顔を思い出す。

要するに、下手なんですね、僕。

そう言って、いつも髪を短く切っていた頭を掻いていたっけ。

でも、菱沼は彼の曲が好きだった。彼の書く譜面は美しく、しばしば目を留めさせるひらめきがあった。

なにより、どの曲も「彼の音」がした。それは、作曲家にとって何よりも大事なことである。

「岩手に帰ります」

卒業してどうするんだ、と菱沼に聞かれた時、彼はそう答えた。

「うちを手伝いながら曲作りますよ」

そうか。うめえホップ作って、そいつでクラフトビールこさえて、俺に飲ませてくれよ、と言うと、「はい」とニッコリ笑った。

ついでに「小山内ホップ組曲」作って、クラフトビールのテーマソングにするんだな。

「ああ、それいいですね。考えてみます」

彼は大きく頷いた。

毎年、菱沼宛てに几帳面(きちょうめん)な字で書かれた年賀状が届いた。年賀状には、一年間に作った曲の名前が書かれていた。

複数の曲名が書かれていることもあれば、何年も同じ曲名のこともあった。実家の農場で働きながら曲を作るのは、本人が思っていた以上に大変なことらしく、添えられた文章にそのことが窺えた。

卒業して八年も経ったろうか。その年の年賀状に曲名はなく、幼馴染と結婚した旨が書かれていた。

めでたいことではあったが、家族を養わねばならなくなったことで、ますます曲作りから遠ざかるのではないか、という危惧を覚えた。

しかし、しょせんは彼の人生である。菱沼が口出しすることではないと承知してはいたが、一抹の淋しさを覚えたのも事実だった。

が、その二年後、思いがけず、新進気鋭の作曲家の登竜門である賞の受賞者に彼の名前を見つけたのは、なんとも嬉しい驚きだった。

彼は作曲を続けていたのだ。

コツコツと、厳しい肉体労働の傍ら、曲を作り続けていた。

そのことが何よりも嬉しく、菱沼は新聞を見ながら「よかったな、よかったな」と呟いていた。

その翌年の年賀状には、「やっと、できました」と受賞した曲名が誇らしげに書かれていた。ついでにいうと、差出人の名前のところに、生まれたばかりという息子の名前が増えていた。

なるほど、それで奮起したのかい、と菱沼は頷いた。

ところで俺に送ってくれるはずのクラフトビールはどうなったんだよ。ガキこさえるよりも、そっちが先だろうよ。

そう年賀状に向かって文句を言った。

それから数年は、年賀状に複数の曲名が載っていた。

ほう、よくやってるな、量もこなせるようになってきたんだな。

菱沼はそう感心した。

自分は寡作タイプだと思っていた人間でも、コツコツやっているうちにある時スイッチが入り、自分の中に何かの「回路」みたいなものができて、どんどん出てくるようになることがある。

きっと彼もそういうタイプだったのだろう、と思ったのだ。これで、作曲家として活動が続けられるようになると安堵した。

しかし、四年も経つと、業界内からは別の噂も聞こえてきた。

賞を獲ったことで、彼の許には新曲の依頼が殺到した。やっと作曲家として認められたことが嬉しくて、彼はどれも断らずにかなりの数の委嘱を受けたのだが、どうしても締め切りに間に合わず、ぎりぎりになって辞退したものが複数ある、というのである。

委嘱というのは、初演する日が厳密に決まっている。演奏者が練習する時間も必要だし、作曲家にとって締め切りは絶対だ。

それが間に合わないというのは、プロとしては致命的である。

菱沼はハラハラしながらその噂を聞いていた。

案の定、潮が引くように彼への依頼は減っていった。

それでも、菱沼に年賀状は届いた。

もはや、曲名はなく、成長していく子供の写真だけが載っている年賀状だった。添えられた文章も、当たり障りのない挨拶のみ。

そして、今年の年賀状。

「ホップ組曲、作っています」

その一行が載っていた。

まだ作っている。作曲を続けている。

菱沼は、ほんの少しだけホッとした。

そうだ、元々コツコツ作るタイプなのだ。本人に合ったやりかたで続けていけばいい。量産できなくても、それでも続けていてくれれば。

そして、先週。

電話が掛かってきた。電話を掛けてきたのは、彼の妻だった。電話の向こうは、どことなく寒い気配がした。

それは、小山内健次が、四十四歳という若さで急逝したという知らせだった。


その知らせを聞いて、菱沼は激しく動揺した。

なぜこんなに動揺しているのか、自分でも理解できないくらいだった。

「ちょっとあなた、どうしたのよ、何してるの」

ギョッとしたような妻の声に我に返ると、旅行用のカバンに髭剃りを入れたり出したり、ただ洗面所と部屋のあいだをうろうろ幽霊のように往復を繰り返している自分に気付く。

「岩手に行かねえと、あいつ、ホップ作ってるんだよ、俺にビール送ってくれるはずだったんだよ」

菱沼が呆けたように呟くと、妻は、ただでさえ奇天烈な夫がついにどうにかなったのかと青ざめた顔をしている。

「ふざけんじゃねえよ、まだ四十四だってよ、子供も小さいのによ」

そうぶちまけると、妻はさっきの電話が教え子の訃報だったのだと直感したらしい。

彼女は急にしゃんとすると菱沼の肩をどんと叩いて、顔を覗きこんだ。

「しっかりしてちょうだい、あなたが取り乱してどうするの。それこそ、あなたがご家族を励ましてあげなきゃなんない立場でしょ」

一喝され、憑き物が落ちたような心地になった。

「そうだな――そりゃそうだな」

菱沼は、ぱちぱちと瞬きをすると、今度こそ荷造りを始めた。

その本をカバンに突っ込んできたことに気付いたのは、東北新幹線に乗り込み、郡山を過ぎたあたりだった。

『宮沢賢治詩集』

なんだってまた。

菱沼は苦笑した。岩手、小山内健次、の連想だろうか。

いや、そうではない――かつて小山内自身が、宮澤賢治について語ったことがあったのだ――「漢字は違いますけど、同じ名前だし、同郷でシンパシーを持ってます」、と。

そんな話をしたのはいったいいつのことだっただろうか。

もはや、記憶の中の彼の言葉は時系列がはっきりしない。

だが、どこか屋外での会話だったことは覚えている。

緑の中で、風が吹いていた。

野外音楽祭か何かで、たまたま居合わせて、「先生」と菱沼の隣に腰を下ろしたのではなかったか。

「楽譜みたいなんです」

そうだ、奴はそう言った。

「楽譜？」

「そうなんです。『春と修羅』って、元々、それぞれの行の頭が波打つようなレイアウトになっていて、パッと見た時に、音符の連なりみたいに見えるんですよ。初めて見た時、メロディーみたいだなって思いました」

「ふうん、そいつは知らなかった。初版本はってことだよな？」

「ええ。それを忠実に模した版もありますけどね」

菱沼は、本を取り出して「春と修羅」のページを開いてみた。

この版の「春と修羅」のそれぞれの行頭は揃えられている。

　いかりのにがさまた青さ
　四月の気層のひかりの底を
　唾し　はぎしりゆききする
　おれはひとりの修羅なのだ

「なんかねえ、ちっともつかまえられないんですよねえ」

奴はそう言って首をかしげた。

「すぐそこにあるんですよ」

風が吹いていた。

その目は、ふと遠いところを見た。

「今もそこで鳴っているし、聴こえている。だけど、五線譜に書こうとすると、消えてしまうし、書いてみると全然違うものになってしまう。先生はテクニックの問題だとおっしゃいましたよね。確かにそれも、だんだん分かってはきたんです。頭の中で鳴っているものと、記譜をすり合わせていくっていうのがどういうことなのか、徐々には」

「そいつは大したもんだぜ」

菱沼はカカカと笑った。

「俺だって、まだまだ音と記譜を『すり合わせている』段階だからな。そりゃ、中にはいるだろう。最初っから頭の中で完璧な譜面が出来上がっていて、それを書き写すだけっていう羨ましい野郎がな」

彼が意外そうに菱沼を見るのが分かった。

「だけどよ、それってつまんなくないか？　昔の作曲家なんざ、自分の頭の中にある音を鳴らすために、どれほど苦労してきたことか。だから、いろんな楽器を産みだしては、出る音を増やし、さまざまな響きの音色を求めてひたすら改良を続けていった。鳴らしたい音を完璧に出せたなんて作曲家はまずいないだろう。そもそも音ってのは、楽器で弾ける平均律に収まるような代物じゃないからな」

菱沼は聴き入っている隣の青年の顔を見た。

「だから、すり合わせも大事だが、音楽を記譜に寄せるのはそこそこにしとけ。記譜のほうを音楽に寄せるんだ。音楽を譲るな。記譜のほうに譲らせるんだ」


菱沼は低く溜息をついた。

恥ずかしさに消え入りたいような心地になる。

よくもあんな偉そうなことが言えたもんだ。自分にそんなことができたためしがあっただろうか。

窓の外に目をやる。

どんよりとした、色彩のない風景。まだ東北の春は遠い。

ぼんやりとページに目を落とす。

まことのことばはうしなはれ
雲はちぎれてそらをとぶ
ああかがやきの四月の底を
はぎしり燃えてゆききする
おれはひとりの修羅なのだ

目に飛び込んできたその箇所に胸を突かれる。

まるで小山内その人——と、自分の心情が見透かされ、そこに文字となって印字されているように感じられたからである。

しかも、今まさに四月。

四月の底を、地を這い東北に運ばれていく。

そうだよなあ、小山内。自分のモノを作るってことじゃあ、俺もおまえもなんら変わらない。どちらも音楽の前では対等だ。誰しも、たったひとりで荒野を行く修羅なんだよなあ。

列車がトンネルに吸い込まれる瞬間、菱沼はいつも誰かが一斉にパイプオルガンで和音を弾き鳴らしているところを想像してしまう。

しかし、今日はその和音も耳に入らず、暗い窓に映る自分の顔がうらめしそうにこちらを見返しているのを見ているだけだった。

「菱沼先生でいらっしゃいますか？」

そう声を掛けられたのは、翌日の告別式が終わった時のことである。

前日、盛岡に着いた時にはもう真っ暗だったし、冷たい雨も降っていて寒かった。

通夜の受付の周りは音楽関係者や農業関係者がごたまぜになっていて、かなり込み合っていた。応対するほうも些か混乱していて、ろくろく遺族に挨拶もできなかったのだ。

菱沼は小山内健次の指導教授の顔を見つけ、今日中に東京に戻るという他の音楽関係者と共に盛岡駅の近くで飲んで、ビジネスホテルに投宿した。

翌朝はすっきりと晴れた。

空の広い街なんだな、とホテルを出た菱沼は思った。

しんとした冷たい青空。

（かなしみは青々ふかく）

昨日新幹線の中で読んだ「春と修羅」の一節がふと頭に浮かぶ。

ゆうべは暗くて分からなかったが、臨済宗の寺もなかなか立派だった。

いい佇まいじゃねえかよ。

実は、菱沼は上野の外れにある浄土宗の寺の、男ばかり五人兄弟の末っ子である。

初めて音楽というものを意識したのは、祖父がお堂で朗々と歌い上げる御詠歌だったという記憶がある。

だから、寺というのは日常生活の馴染みの場所であり、「歌う」場所でもあった。

幼い菱沼が、聴いた御詠歌を片っ端から覚えてしまい、見よう見まねで採譜までしてしまうのに驚いた両親が、当時評判になっていた、私立音大が主催する子供のための音楽教室に通わせてくれたのが、彼の音楽家人生の始まりである。

そういえば、宮澤賢治も、十八歳の時に法華経（ほけきょう）を読んで感激し、生涯愛読していたという話を聞いたことがある。彼の音楽好きはつとに知られているが、もしかするとお経もその一端なのかもしれぬ。

そう考えてみると、今更ながらに菱沼も宮澤賢治にシンパシーを覚えた。

告別式で改めて見た小山内の写真は、なんだか照れ臭そうで、「あ、先生、お久しぶりです。わざわざ盛岡までご足労いただいてすみません」と言っているように見えた。

ったくもう。年寄りを歩かせるんじゃねえよ。寒いじゃねえかよ。どう考えたって、先におまえが俺の葬式に上京するのが筋ってもんじゃねえかよ。

菱沼は内心そう呟きながら、焼香をした。

昨晩は混乱していたのでよく分からなかったが、早逝といってもいい歳でもっと愁嘆場になるかと思っていたのに、意外にあっけらかんとした空気なのに驚いているところに、声を掛けられたのだった。

「健次の兄です」

「姉です」

「妻です。で、こっちが息子です」

そう揃って頭を下げた三人と子供は、なんだかとても顔が似ていた。

同じ種類の顔、同じグループの顔、とでも言おうか。

体形も皆、がっちりしていて中肉中背。

小学生の息子も、母親そっくりで、正直、記憶の中の小山内健次とはあまり似ていない。

ただ、彼らが身体にまとっているおおらかな空気、広い風通しのいい空間にいるという雰囲気だけは小山内健次と同じだった。

「健次がよく、先生のこと話してました。先生が俺の曲、待ってるって」

「ね」

「最近、ようやく曲作るようになったところだったんですけどね」

そう言って穏やかに顔を見合わせる彼らの表情は、既に健次の死を受け入れている落ち着きがあった。

「この度は、本当に、残念なことで」

菱沼がそう口を開くと、三人は「いやいや」と揃って首を振った。

「健次は、ようやく楽になったとこじゃないかって思ってます」

「ん。健次にしては上出来だよ。な？　ナミちゃん」

そのサバサバした口調に、菱沼のほうがハラハラしてしまうが、健次の妻も苦笑を洩らした。

「あー。ホント、あの人、あんまり器用な人じゃないから、ずーっと苦しそうで。ホップ作ってても、曲作ってても、悩みっぱなしで。それ、見てるほうがつらかったなあ」

ぎゅっと息子の肩を抱く。

息子は、今ひとつ父親が亡くなったという状況を飲み込めていないようで、きょとんとした顔で母親を見上げ、菱沼を見上げた。

「健次は、宇宙人みたいなとこがあって、どしてここさいるのかなって本人も周りも思ってた。やっと帰ってったんだわ、ってみんなで話してました」

「死因はなんだったんですか？」

菱沼が尋ねると、三人がふと黙り込む。

「クモ膜下出血です」

兄が口を開いた。

「もともと不眠症の気があったけど、ここ数年、それがひどくってね。しばらく曲作れなかったから、思いつめてたみたいで」

兄はぱちぱちと瞬きをした。

「眠れなくて、朝、畑に出てって、そこで倒れたみたいです」

三人は、なんとなく後ろを振り返るようにした。

恐らく、それが畑のある方角なのだろう。

「だけど、不思議なんですよ」

妻が言った。

「その前の日に、急にあたしのとこさ来て、おい、聴こえたぞって言ったんです。あんな顔見たの久しぶりで。目をキラキラさせて、俺の曲、聴こえたぞって。あらー、いがったね、って言ったらニコニコ笑って」

不意に声が震えた。

「先生に、これを」

慌てて顔をそむけるようにして、妻が提げていたトートバッグから封筒を取り出した。

「先生が持っててください。それがいちばんいいと思います」

菱沼はぼんやりと封筒を受け取った。

俺の曲、聴こえたぞ。

その時の健次の声が聞こえたような気がした。

「――畑、見てえなあ」

「え？」

大人三人が声を揃えて菱沼を見た。

「小山内が見てたホップ畑、見たい」

むろん、この時期にホップが実っているわけはなかった。

それどころか、見渡す限り、そこにあるのは畝、畝、畝。

がらんとした土地が広がっている。

ただ、畝に等間隔にひょろっとした棒が立ててある。

菱沼は呆然とした。

「なんもねえじゃねえか。これのどこがホップ畑なんだ」

三人はくすくすと笑う。

「これからですよ。あの棒の間に網を渡して、ホップがそこに絡まって上へ上へと伸びてくんです」

「ふうん。ヘチマみたいな感じか」

「見た目はそうですね。ホップはアサ科の植物ですけど、つる性なんで、棒に巻きついてどんどん広がります」

「そうか。これが奴の見てた景色か」

向こうから、強い風が吹いてきた。

畝に刺さった棒が細かく揺れている。

風はまだ冷たかったが、どこかにほんのりと春の匂いがした。

菱沼は、その匂いを胸いっぱいに吸い込む。

不意に、また「春と修羅」の一節が浮かんだ。

(まことのことばはここになく
修羅のなみだはつちにふる)

なるほど、おめえはここにいるんだな。このどっかにいて、おめえの音を聴いてるんだな。

菱沼はそんなことを思った。

そして、東京に戻ってきた。

まっすぐ家に帰る気がせず、この近所の児童公園に。

煙草がうまい。

菱沼は、カバンから封筒を取り出した。

中には一枚の五線譜が入っている。

見覚えのある筆跡。

「ホップ組曲　Ⅰ　土」

タイトルと、曲が九小節だけ、書かれていた。

彼の手で書かれた、メロディが。

菱沼はしばらくその五線譜を見つめていたが、やがて封筒に戻すと、ゆっくりとブランコから立ち上がった。

辺りはすっかり暮れてしまっている。


自宅に着くと、妻は労い(ねぎらい)の言葉を掛けてから言った。

「電話があったわよ。芳ヶ江市から」

「芳ヶ江？　何の用だ？」

「また電話するって」

果たして、もう一度掛かってきた電話は、第六回芳ヶ江国際ピアノコンクールの課題曲の委嘱の電話だった。

電話で担当者の声を聞きながら、菱沼の頭には既にタイトルが浮かんでいた。


「春と修羅」


そして、自分が譜面を書き始めるところも目に浮かんだ。

そう、それはこう書かれるところから始まる――

――この曲を、二人のケンジに捧げる。

# 竪琴と葦笛

マサル・カルロス・レヴィ・アナトールが最初にその部屋に入ってパッと三人の審査員を目にした時、真っ先に目についたのは、向かって左に座っている、どこか不機嫌そうな、ものすごく髪の毛の多い男だった。

それがあのナサニエル・シルヴァーバーグだと気付いたのは二曲目を弾き終える頃のことだ。

なぜかというと、実際に目にする彼が、TVや写真で見るよりもずっと若く、巨匠というイメージとはうらはらに、その時まだ子供だったマサルがこう言うのもなんだが、とてもナイーヴな青年に見えたからだった。

本来ならば、真ん中に座っている、それこそ「巨匠然」としてやる気まんまんでこちらを見つめているロシア人教授に目を留めるべきだったかもしれない。こちらもまた、ピアノ科の目玉教授であるアンドレイ・ミハルコフスキーだったのだし、見るからに左右の二人を従えて「偉い人オーラ」をびしびし放っていたのだから。

ついでに言うと、その時ナサニエル・シルヴァーバーグの反対側に誰が座っていたのか、実はあまり印象がない。穏やかそうな男性だったと思うのだが、もしかすると女性だったかもしれない。ピアノに向かって座った時に、そちら側が視界に入りにくかったせいもある。

とにかく、最初に目に留まったのがナサニエル・シルヴァーバーグであり、次がアンドレイ・ミハルコフスキーだったということはよく覚えているのだ。

ジュリアード音楽院の、プレ・カレッジのオーディションだった。

当時マサルはアメリカに来たばかりの中学生で、まだ英語はそんなに流暢(りゅうちょう)には話せなかったが、将来音楽大学に行くか、一般の大学に行くかで迷っていたので、とりあえず七歳から十八歳が対象である、ジュリアードのプレ・カレッジのオーディションを受けてみることにしたのだ。プレ・カレッジの授業は週に一度だけだし、学校の雰囲気をつかみ、将来を考えるのにはちょうどよかった。

プレ・カレッジのオーディションに、シルヴァーバーグやミハルコフスキーといった大物クラスの教授が審査に来るのは異例だと後から聞いた。それというのも、既にマサルはフランスでパリ国立高等音楽院を卒業していたからで、神童の噂が耳に入っていたため、興味を持ってわざわざ聴きに来た、ということらしい。

わざわざ聴きに来たのなら、なぜあの時のナサニエル・シルヴァーバーグはああも不機嫌そうだったのだろうか。

ずいぶん後になってから、ふと当時のことを思い出し、マサルはナサニエルにそのことを尋ねてみた。

不機嫌そうだった？　僕が？

ナサニエルは意外そうな顔になった。

マサルは大きく頷いた。

ええ。なんだか、とってもおっかない顔してましたよ。僕、それで先生が真っ先に目に入ったんですもん。

不機嫌ねえ。ああ、そうか。

ナサニエルは思い当たったようで、目を見開いた。

あの時、僕はミハルコフスキーに誘われたんだよ。フランスから神童が来たからオーディションを聴きに行こうって。ミハルコフスキーは、マサルを「取る」気まんまんで、ああ、また彼の「才能コレクター」が始まったなって思ってた。

マサルも後から聞いたのだが、ミハルコフスキーは有望な生徒を自分に「師事」させるのが好きだった。

もちろん、教師なら誰でも有望な生徒を育ててみたいし、その才能を花開かせてみたいと思うものだ。しかし、ミハルコフスキーは「とても有望な」生徒しか相手にしないし、しかも一人で囲い込んで「自分の色」に染めるタイプだった。それがうまく嵌(は)まる生徒はいいが、彼のアクの強さに負けてしまい、潰されてしまう者も少なからずいたのである。だから、彼に師事してスターになった者も多かったが、実はそうでない者も多かったのだ。

そういう嫌な予感がしていたところに、マサルが入ってきたわけだ。

ナサニエルは肩をすくめた。

これがまた、天使みたいに可愛らしい、純真無垢な雰囲気を漂わせた神童が、だよ。

で、一目見て、うわ、こりゃダメだ、とってもミハルコフスキー好みだし、しかも彼に潰されるタイプのほうだ、と思ったね。しかも、演奏が噂に違わずたいへん素晴らしいときている。ミハルコフスキーがいよいよ前のめりになるのが分かって、僕のほうもいよいよ不機嫌になったってわけさ。

あはははは、とマサルは思わず笑ってしまった。

ナサニエルは苦笑して手を振った。

今となっては、マサルがミハルコフスキーにそうやすやすと潰されるようなタマじゃないってことはよく分かってるけど、あの時は至極真面目にマサルの将来を危惧したね。

ありがとうございます、とマサルは頭を下げた。

でも、それなら最初から先生に師事させてくれればよかったのに。

マサルが不満そうに呟くと、ナサニエルは鼻を掻いた。

当時は、まだ僕は教師としてあまり自信がなかったんだよ。特に、マサルの才能はずば抜けていたから、僕に育てられるとは思えなかった。

マサルには、意外な返事だった。

へえ。先生でもそんなことがあったんですね。じゃあ、どうして、あんなアドバイスをしてくれたんですか？

もちろんマサルはプレ・カレッジのオーディションに受かったし、結局プレ・カレッジでのレッスンはミハルコフスキーが受け持つことになった。

マサルはこれまでにもいろいろな先生についており、ミハルコフスキーのようなタイプの教師も経験があった。

彼の指導はエネルギッシュで、演奏者の情動を駆り立て、エモーショナルな表現を引き出すのがうまい。その一方で理詰めできちんと曲想の裏づけを説明することもでき、非常に明晰である。

なるほど、プロのピアニスト、しかもこういう巨匠クラスの演奏者が見ている曲の風景はこんなふうなのか。

マサルはそう思ったし、コンサートピアニストという職業に興味も湧いてくるようになった。

しかし、どこかで違和感を覚えていたのも事実である。

非常に明晰であるがゆえに「これしかない」と曲想を断定するミハルコフスキー。

「攻め」のピアノ、観客をねじ伏せるような演奏を好しとするミハルコフスキー。

そういう彼を尊敬し、自分の能力を伸ばしてくれていると感じつつも、どうしても彼を「師」と素直に呼べないことにも気付いていた。

なんだろう、この違和感は。

ある日のレッスンのあと、なぜかまっすぐ帰る気がせず、マサルはぼんやりと学校の出入口の階段に腰掛け、道を行く人々を眺めていた。

既に日は暮れ始めていて、空がだんだんと透き通ってゆく。気温は下がる気配がなく、蒸し暑い。

遠くで鳴り響くクラクション、遠ざかるサイレン。

アメリカの街の空気も、街の音も、フランスとは全然違うなあ。

マサルはその違いを言語化しようと試みた。

ちょっと殺気立ってて、スピード感があって、ギラギラしたエネルギーに満ちていて——

「帰らないのかい？」

急に頭上から声が降ってきて、マサルはハッとした。

見ると、ナサニエル・シルヴァーバーグがこちらを見下ろしていた。ジャケットを脱いで肩にかつぎ、リラックスした様子である。

「あ、先生。こんにちは」

立ち上がろうとするマサルを制止し、ナサニエルは彼の隣に腰掛けた。

「暑いな、今日は」

ナサニエルは自分と同じくジャケットを脱いで肩に掛けている通行人を見て呟いた。

「そうですね」

マサルも通行人に目をやる。

二人はしばらく世間話をした。といっても、もっぱら話していたのはマサルだ。普段の学校生活のこと、家族のこと、パリとの違い、アメリカの感想、などなど。

ふうん、ほう、とナサニエルはしばしば頷きつつ、ゆっくり耳を傾けている。

気が付くと、マサルは夢中になっていろいろなことを彼に話していた。

そして、ミハルコフスキーとは、自分のプライベートについて、ほとんど何も話をしていなかったことに気付いた。

「これから友人のライブを聴きに行くんだけど、一緒に行かないかい？」

かなり長いこと喋ってホッと一息ついた時、ナサニエルが誘った。

「え？　いいんですか」

「もちろん。僕から親御さんに話そう」

ナサニエルはマサルが母親に電話すると、彼から携帯電話を受け取り、丁重に「息子さんは、僕が責任を持ってご自宅まで送り届けますから」と言ってくれた。

マサルは有頂天になった。

あのナサニエル・シルヴァーバーグが誘ってくれたなんて。しかも、ママにあんな丁寧なフォローをしてくれるなんて。

「よし、行こう」

ナサニエルは先に立って歩き出す。

マサルはわくわくしてくるのを感じた。

コンサートに行くのは久しぶりだ。なんのコンサートだろう？　ピアノ？　オーケストラ？　場所は？　リンカーンセンター？　カーネギーホール？

「そうだ。ちょっと腹ごしらえしとこうか」

ナサニエルは街角のベーグル・サンドイッチ店の前で足を止めた。

二人でショーケースを覗き込む。

「どれがいい？」

「スモークサーモンとクリームチーズがいいです」

「OK。スモークサーモンとクリームチーズ、二つ」

ベーグル・サンドイッチを頬張りながら、並んでぶらぶらと歩くのは、不思議な感じだった。

まさかマエストロとベーグル・サンドイッチを食べながら歩くなんて。

「うっ」

突然、ナサニエルが足を止めた。

「どうしたんですか？」

見ると、ナサニエルは凍りついたような表情で食べかけのベーグル・サンドイッチを見下ろしている。

「ケイパーが入ってた」

「苦手なんですか？」

「大嫌いだ。くそっ、外からは見えなかったのに。どうしてスモークサーモンにケイパーを付けるんだっ。ただちに全世界で廃止してほしい習慣のひとつだっ」

本気で腹を立てている様子のナサニエルに、マサルは思わず噴き出してしまった。子供みたい。

「あ、まだある」

ナサニエルは残りのサンドイッチから忌々しげにケイパーを取り除いている。

マサルはくすくす笑いながらも、ナサニエルに対して親しみが湧くのを感じていた。

なんだか可愛らしい人だなあ。

ようやくケイパーに対する怒りが収まったらしいナサニエルは、表通りを逸れ、一本中の通りに入った。

え？　どこに行くの？

マサルが立ち止まり、目をぱちくりさせていると、ナサニエルは「あそこだよ」と目で合図した。

「あそこ？」

ビルの一角の扉の上に灯る、小さな赤いネオンサイン。

マサルは恐る恐るナサニエルの後についていく。

入口の前まで来て、ライブハウスだと気付いた。

扉の脇の看板に、出演者の名前がある。

店の名前の隣に「ＪＡＺＺ　ＣＬＵＢ」の文字。

ジャズ？

きょとんとしているマサルを残し、ナサニエルはさっさと扉を開け、地下に向かって階段を下りていった。


ナサニエルに続いて階段を下りていくと、そこはマサルが知っていたのとは全く異なる音楽の世界だった。

これがジャズ・クラブというものなのか。

入口で棒立ちになる。

大人の世界。ちょっといけない感じのする、夜の世界。

マサルはどきどきしてくるのを感じた。

暗い。狭い。ごちゃごちゃしている。

十卓ほどあるテーブル席は、三分の二くらいが埋まっていた。フロアの隅のカウンターの前で立ち飲みしながら談笑する客たち。寛いだ、それでいて期待に満ちた雰囲気。

正面の奥がステージのようだが、段差はなく、客と同じ高さでフロアを共有している。

壁に描かれた店のロゴが、ぼんやりと照らし出されていた。

グランドピアノとドラムスのセット。大きなコントラバスが椅子に立てかけて置いてある。客とセッティングのあいだに数本のマイクが立っている。

マサルがキョロキョロしているあいだにナサニエルが既に二人分の料金を払ってくれたらしく、「こっちだ」と連れられて後ろの壁際のテーブルに着いた。

「ちょっと座ってて」とナサニエルはカウンターに行き、やがて黒ビールの入ったグラスとジンジャーエールの入ったグラスを持って戻ってきた。

小さく乾杯をした時、マサルはナサニエルのグラスに入っているロゴに目を留めた。

汗を掻いたグラスの表面に浮かび上がる曲線のマーク。

「これ、楽器なんですね――ハープ？」

「アイリッシュ・ハープだよ」

「オーケストラで見るハープほど大きくないですね」

そういえば、ナサニエル・シルヴァーバーグはイギリス人だけれど、アイルランドの血も入っていると聞いたことがあった。

「ふうん。先生は、ハープの国の人なんですね」

何気なくマサルが呟くと、ナサニエルは意表を突かれた顔になった。

ぐるりと目を動かす。

「なるほど、ね。それをいうならマサルは――」

言いかけて少し考えてから、ナサニエルはゆっくりと呟いた。

「なんとなく、フランスには木管楽器のイメージがあるね。特に、マサルにはパンフルートが似合いそうだ」

パンフルート。

吹いてみたことはないが、その音色は聴いたことがある。独特の柔らかい音色は、どこかノスタルジックな響きがしたことを覚えている。

「そうですか？」

「うん。森でニンフと戯れながらパンフルートを吹いてる」

「うーん」

それってどんなイメージなんだ。

不意にフロアの隅が明るくなり、拍手が湧いた。

入口から、二人の黒人男性が入ってきてドラムスとピアノの前に座った。

続いてゾロゾロと楽器を抱えた白人男性たちが入ってくる。トランペット、トロンボーン、テナーサックス。

テーブルのあいだを通り、それぞれの場所に立つ。

最後に大柄な白人男性が入ってきて、ニコニコしながら手を振ってコントラバスを抱えた。

すぐさま彼は小声でカウントを取り、いきなり演奏が始まった。

うわーっ。

マサルはその音に圧倒されていた。

全く体験したことのない音楽。

激しさと詩情、衝動と理智、殺気と洗練。

音の粒がそれこそ雨あられと飛んできて、物理的な「圧」を感じる。そこに物体としての音がある。湧き上がる。ぶつかってくる。嚙み付いてくる。

六人それぞれが主張し、絡み合い、調和しては離れ、争い、駆け回る。

ソロの応酬が始まる。

文字通りのバトル、真剣勝負だ。

演奏者の精神が、音楽が、剝き出しになって観客の面(おもて)を打つ。

ヒリヒリする。鳥肌が立つ。

マサルは全身が耳になってしまったような気がした。身体全体で、すべての肌で、音を聴いている。浴びている。吸い込んでいる。

なんとかついていこう、解釈しよう、咀嚼(そしゃく)しようとしているのは自分でも分かるのだけれど、とてもじゃないが追いつかない。ただただ飲み込み、流し込み、ぐわんぐわんと全身の隅々まで反響するのを感じるのみ。

次々と流れ込むさまざまなフレーズがマサルの中で渦巻き、泡立ち、大きな飛沫を上げる。

六十分ほどのライブが終わって、プレイヤーたちが引き揚げていくあいだも、マサルはその衝撃からなかなか醒めることができなかった。

音が、フレーズが、彼らの表情が、繰り返し蘇ってきて、ナサニエルに話しかけられたのも気付かなかったくらいだ。

見ると、あの大柄なコントラバス奏者がナサニエルのところに寄ってきてお喋りをしている。ナサニエルの話によると、彼はニューヨーク・フィルハーモニックのコントラバス奏者だが、自身のリーダー・バンドを率いてジャズ・プレイヤーとしても活動しているのだという。

マサルはボーッとした表情で、コントラバス奏者を見上げた。

どのプレイヤーも凄かったけれど、バンドをまとめ、手綱を引いているのはこのコントラバス奏者だった。音楽の土台を支え、イマジネーション溢れるベースラインで引っ張り、「世界」を作り上げているのは彼だった。

その彼が、ニコニコしながらナサニエルと談笑している。

ああ、音楽の世界には、こんな凄い人がいっぱいいるんだ。この人も、ナサニエルも同じ側にいる。遠い彼方の、音楽の国に。

二人の横顔が、その輪郭がライトに輝いている。

行きたい。あの国に。この人たちと同じところに立ちたい。こんなふうに笑い合い、肩を叩いて軽口を交わしたい――

息がかかりそうなほどそばにいるのに、二人がいるのはとんでもなく遠いところだ。

スポットライトの中の、キラキラした音楽の国。

行きたい、僕もあそこに行きたい。

マサルはそう熱望した。

コントラバス奏者は、ナサニエルから離れる時にマサルに目を留め、ニコッと笑った。

「おい、まさか君の隠し子じゃないだろうな？」

冗談めかして呟く。

すると、ナサニエルは真顔で答えた。

「彼は、スターだ」

コントラバス奏者は一瞬きょとんとし、ナサニエルとマサルの顔を見比べていたが、やがて手を振って去っていった。

きょとんとしているのはマサルも同じだった。

「？」とマサルがナサニエルに目をやると、ナサニエルはもう一度言った。

「君は、スターだ」

マサルは面喰らったまま、目をぱちくりさせた。

スター？　僕が？

ナサニエルはふと、考え込む表情になった。

「君の音楽は、大きい。内包するものがとても大きい上に、思いがけないほどの複雑さと多面性がある」

思いついたように顔を上げ、声を絞り出すようにして低く唸った。

「うーん、君は、他の楽器もやったほうがいいんじゃないかな——鍵盤楽器じゃないものを幾つか」

「他の楽器を？」

マサルは再び目をぱちくりさせた。

「うん。人によっては、ピアノに専念することを勧めるし、そのほうがいい人もいる。だけど、君の場合は、いろいろやっても決して無駄にはならないし、混乱したりもしないと思うんだ」

ナサニエルは腕組みをした。

「――うん、だから僕は今日、君をここに連れてこようと思ったのかもしれないな」

独り言のように呟くナサニエルを、マサルは不思議な心地で眺めていた。そのひどく真剣で、緊張した面持ちを。

何かすごく大事なことを言われたような気がした。

そして、この人は、僕のことをよく理解しているし、とても大事に思ってくれているのだ、とマサルは直感したのだった。


まさか、君が本当に僕の言うことを聞いて、他の楽器を始めるとは思わなかったよ。

ナサニエルは大袈裟（おおげさ）に首をすくめてみせた。

そんなあ、あの時先生が、あんな真剣な顔で言うから、僕もその気になったんですよ。

マサルは不満顔だ。

そうかい。

ナサニエルは、マサルの好きな、照れた顔で鼻を掻く。

でも、すごく面白かったです。ジュリアードにはあらゆる楽器のプロがいたし、みんな喜んで教えてくれたし。

その結果、マサルが選んだのはトロンボーンだった。ドラムスと迷い、しばらく両方やっていたが、結局トロンボーン一本にした。

マサルがトロンボーンのレッスンを受けていることは、ミハルコフスキーには内緒にしていたのだが、どこからか彼の耳に入ったらしい。

ある日レッスンに行くと、ミハルコフスキーに凄まじい勢いで叱られた。あまりに激怒しているので、持病のある心臓がまたやられるのではないかと心配したくらいである。

トロンボーンだと？　何を考えているんだ！

ピアノに専念したまえ、せっかくの才能を無駄にするな！　中途半端に他の楽器に手を出すのは混乱のもとになるっていうのが分からないのか！

あまりにも想像通りの反応だったので、むしろマサルはあっけに取られ、笑い出したくなってしまった。ナサニエルがマサルに対して言った、「決して無駄にはならないし、混乱したりもしない」生徒ではないと完璧に否定されてしまったわけだ。

申し訳ありません。

マサルはしおらしく頭を下げた。そうしないと、この場が収まらないと思ったからだ。

しかし、頭を下げつつも、内心では冷静に考えていた。

どうしたものだろう。このままこの先生に付いていていいのだろうか。

マサルは自分の置かれた状況と、自分の望みと、自分の将来についてシミュレーションをした。

僕の直感では、僕の音楽のタイプはナサニエル・シルヴァーバーグの指摘したほうが正しい。僕はピアノに「専念」するよりは、マルチに試して他ジャンルを経験するほうが伸びるタイプだし、実際とても楽しく充実している。それらが大きな成果となってピアノに還ってきているのも感じる。

だが、しかし。こちらからミハルコフスキーと袂（たもと）を分かつのは、これから先のことを考えると決して得策ではない。

先生を替えるのは、マサルが観察したところによると、決して容易なことではなかった。ジュリアードの目玉教授を生徒のほうから拒絶したとなれば、先生や学校の心証はよくない。

もうひとつ、懸念があった。

ミハルコフスキーは「才能コレクター」であるのと同時に、「最年少」コレクターでもあったことだ。

ミハルコフスキーはマサルをコンクールに出したがっていた。大きなコンクールに彼を出し、「最年少入賞」、あわよくば「最年少優勝」というタイトルを欲しがっていたのである。

実際、マサルにはそれだけの実力はあったので、ジュリアード側も乗り気だった。

だが、マサルはまだ自分の心にその準備があるとは思えなかった。いったんコンクールというシステムに巻き込まれると、なかなかそのシステムから「降りる」ことが難しいということにも気付いていた。

ほんと、最初から先生が僕を担当してくれていたら、あんなに悩まないで済んだのに。

マサルは恨めしそうにナサニエルを見た。

ナサニエルは苦笑する。

まあ、結果としてこうなったんだからいいじゃないか。しかし、いきなりマサルがあんなことを頼んでくるとは思わなかったし、どういうつもりだったのかあの時は全然分からなかったよ。

全米一の規模の有名コンクールが近付いていた。

コンテスタントの数が膨大なので、まずは出場者を絞る予備審査の日が迫っていた。

マサルは何食わぬ顔で着々と準備を進めた。

予備審査が二週間後に迫った時、マサルはナサニエルをつかまえて頼みごとをした。ナサニエルがジャズライブに連れていって以来、二人は顔を合わせては会話を交わす仲になっていたのである。

マサルはしおらしく、不安げな表情をしてナサニエルに懇願した。

コンクールの予備審査が怖くて、緊張して眠れないんです。なにしろ、こんなに大きなコンクールに出るのは初めてなので。僕は、実のところひどい上がり症で。少人数ならいいんですが、大勢のいるところは苦手なんです。前の日が心配です。緊張して悪いことばかり考えて、へとへとになっちゃいそうです。先生、よろしければ僕につきあってくださいませんか？　あちこち一緒に歩き回って、身体を疲れさせて、何も考えずにバッタリ眠って翌日の本番を迎えたいんです。

マサルの涙ながらの訴えを、ナサニエルは二つ返事で承知した。

よかった、たまたまその日は空いているよ。じゃあ、ニューヨーク観光でもしようか。

（実際のところ、予備審査の前日の彼のスケジュールが空いていることを、マサルはあらゆる手を使って調べ上げていたのだ）

そして、二人はコンクールから気を逸らすべく、その日は観光に専念した。

ナサニエルは気付かなかった。

マサルがあえて薄着で、あえて屋外をあちこち歩き回っていたこと。あえて冷たいものばかり飲み、はしゃいで大声を上げ、むしろ彼がナサニエルを「連れまわして」いたことを。

本当のところ、いささか疑問に思わなかったわけでもない。

しかし、家に帰りたがらないマサルは、単に予備審査を恐れているのだろうくらいにしか考えなかったのだ。

だが、結果として予備審査当日の朝。

マサルは腹を下し、高熱を出し、ガラガラ声で起き上がることすらできなくなった（と母親はミハルコフスキーに伝えた）。

予備審査など無理。

ミハルコフスキーは驚き、嘆き、激怒した。

いったい昨日は何をしていたんだ？　緊張していたので、寒いニューヨーク内をほっつき回っただと？　よもや、そんな気の弱い、しかも軽率な生徒だったとは！　しかも、一緒にいたのはナサニエル・シルヴァーバーグだと？

むろん、予備審査に行くことはできなかった。

そのことを知ったナサニエル・シルヴァーバーグは愕然とした。マサルにも、マサルの親にも、ミハルコフスキーにも平謝りである。

予備審査のドタキャンは、ミハルコフスキーのマサルに対するコレクター熱を冷ますには望外の効果があった。

他の楽器に手を出したのも、予備審査の前日に逃げ出したのも、彼の弱さから来るものであり、自分が見込んだタイプではなかったのだ、とミハルコフスキーは考えるようになった。決して彼は自分の思うような生徒ではなく、過大に評価していたのかもしれない、と。

ありがたいことに、ミハルコフスキーは、その頃早速次の「才能」を見出していた。カンボジア難民を祖父母に持つ、十二歳の天才少女だった。

ミハルコフスキーはマサルをナサニエル・シルヴァーバーグに押し付けることにし

た。

ナサニエルも予備審査をドタキャンさせた「責任を取って」、喜んでマサルを引き受けることになったのである。

ホント、心配して損したよなあ。つくづくマサルはミハルコフスキーなんぞに潰されるようなタマじゃなかったよねえ。

ジャズ・クラブに行く道すがら、ナサニエルは左右に首を振った。

結局、すべてがマサルの狙い通りになったんだから、全く君は大した戦略家だよ。

はい、どうぞ先生。

マサルはひとつぱしりして買ってきたベーグル・サンドイッチの片方をナサニエルに渡した。

ありがとう。

そう言って、ナサニエルは何気なくひと口齧(かじ)り、「うっ」と凍りつく。

スモークサーモンとクリームチーズのベーグル・サンドイッチ。

不機嫌にそれを見下ろすナサニエル。

あっ、すみません、間違えました。

マサルは慌てて自分のものと交換する。

先生のはこっちです。ケイパー抜き。

よかったよ、覚えててくれて。

ナサニエルは安堵の表情でベーグルにかぶりつく。

覚えてますよ。

マサルもひと口、齧る。

急ごう、じきリハーサルの時間だ。

マサルの背にはトロンボーン・ケースがある。今日は出演者としてあのジャズ・クラブに向かっているのだ。

ほぼ同じような背丈の二人は、足早にニューヨークの街角に消えていった。

# 鈴蘭と階段

そろそろ決めなきゃね。

奏は、ぼちぼち日が暮れてきた窓の外を見上げた。

キッチンのテーブルの上にはボウルとざるがあり、奏は最近お気に入りのイギリスのガールズ・バンドを聴きつつ、ちまちまと豆もやしのひげ根を取っていた。

後で知ったのだが、このガールズ・バンドのリードボーカルはナサニエル・シルヴァーバーグの娘らしい。

ダイアン・ヴィントレイという名前なので気付かなかったが、調べてみたら母親の姓だった。顔は全然父親に似ていない。たぶん母親似なのだろう。曲もほとんどが彼女の作品で、ギターも弾いているようだ。どの曲も琴線に触れるツボがあり、「おっ」と耳が惹き付けられる。やはり音楽の才能というのは受け継がれるものらしい。

曲が終わった。

奏は、小さく溜息をつき、今度は自分が演奏した録音を聴き返す。

ポップスを聴いて気分転換をし、新たな耳で聴き直そうという心づもりだったのだが、このところあまりにも繰り返し聴いているので、やはり耳が慣れてしまっていて、新鮮な気持ちでは聴けそうになかった。

うーん、ダメだ。

奏は再生を止めた。

ここ数週間――いや、もっともっと前から――たぶん、ヴィオラに転向しようと考えていた時から――ずっと懸案事項となっている課題。

それはズバリ、楽器選びである。

ヴィオラに完全に転向してから一年半近くになるが、まだ彼女は自分の「伴侶」とも言えるヴィオラを決めかねていたのだ。

今は専ら先生が持っている何本かのヴィオラのうちの一本を借りて弾いているが、どうも借り物の楽器というのは落ち着かない。

そろそろ決めなければ、とここひと月ばかり、先生のツテを辿(たど)って楽器店からやはり何本か選んでもらい、借りて弾き比べているところなのだが、迷いは深まるいっぽうで、決め手に欠ける、というのが正直なところなのだった。

ストラディヴァリやグァルネリなど、やたらと高価な楽器ばかりにスポットが当たり、高ければ高いほどいいのだと世間の人は考えているようだが、楽器というのはそう一筋縄ではいかない。

確かに名器と呼ばれるものは存在するし、弾かせてもらうとものすごくうまくなったような気がする素晴らしいものは実際にある。だが、それは過去に素晴らしい演奏家が弾いてきたことでそう育てられた部分もあり、楽器というのは使った人の影響を受ける部分が大きいので、要はうまい演奏者に弾き込まれてきたからこそ名器になった、とも言える。

以前、パリのオペラ座バレエ団のドキュメンタリーを観ていたら、新たに委託した外部の若い振付師に芸術監督が念を押す場面があった。

うちのエトワールは車で言えばＦ１マシン並みの凄い子たちなんだから、公道をタラタラ走るような振付はやめてよね。

楽器と同じだな、と思った。そう、名器もＦ１マシン、それなりの技術を持ったドライバーが乗らないことにはロクに走らせることもできないのだ。

　相性もある。

　特にヴィオラの場合は大きさがはっきりと決まっておらず、「こんなに大きな」というものもあればヴァイオリンに近いようなものもある。腕の長さや体型によって、しっくりくるサイズというのは人それぞれだし、そんなに高くない楽器でもすごくよく鳴るものやその逆もあり、値段と性能は必ずしも比例しない。

　そうやって考えると可能性は無限で、迷いは深くなる。この世のすべての楽器を試してみたいが、そんなことは不可能だ。どこかに自分と相性のよい魔法の一本があるのではないか、と考え始めるといつまでも決められない。

　弓、という問題もある。これまたピンからキリまであって、性格もまちまちな上に弓と楽器との相性というのもある。

　奏は凝り性のところがあるので、この世には試せない組み合わせのほうが圧倒的に多いのだと考えただけでパニックになりそうだ。なので、とりあえず楽器に集中しよう、と頭を振った。

　立ち上がり、冷蔵庫から冷凍してあった豚バラ肉を取り出す。今から出しておけば食べる時間にはちょうどよくなるだろう。

今日は父も母も出かけているので、奏ひとりだ。

音大の学長である父はほとんど家にいないし、声楽の教授をやっている母もこれまた忙しく飛び回っている。子供の頃は、通いのお手伝いさんがいて、夕飯を作ってもらっていたものだ。大抵は姉と二人だけの食事だった。その姉も、三年前からイタリアに留学中。

奏は料理好きで、中学校に入った頃からお手伝いさんのお手伝いをさせてもらっていたので、今や家族のディナーもほとんど彼女が作っている。

料理は音楽と似ている。

「消えもの」であるところ、一期一会であるところ、五感に訴えるものであるところ

――

今日はひとりだし、肌寒い晩春とあって、豆もやしと豚バラ肉のチゲ鍋にしようと考えていた。ごくごくシンプルな料理なのだが、これまで何度作ってもどうしても「これだ」と思える味にならない。使っているキムチの違いなのか、出汁の違いなのか？　今日は幾つもの「つゆ」を作って、この鍋の決定版となる味を決めよう、と密

かに闘志を燃やしていたのであった。

キムチも三種類、出汁も三つ用意した。

小鍋も三つ用意し、食べ比べのスタンバイはＯＫである。キムチと出汁の組み合わせも試したいので、三回に分けて計九種類の味を見る予定である。

奏はもう一度自分の演奏を再生した。「ヴィオラ一」「ヴィオラ二」「ヴィオラ三」と吹き込まれた自分の声も聴き飽きてしまったが、なんとか初めて聴くつもりで耳を澄ます。

実は、先生から貸与してもらっている楽器はかなり相性がよかった。先生もそう思ったのか、あなたには結構合ってるわね、不思議と最初から「あなたの」音がした、気に入ったのなら譲って（すなわち売って）あげるわと言ってくれている。

そう――「ヴィオラ一」は奏と性格が似ていた。

初めて弾いた時から、しっくりくるものがあった。既に長いこと連れ添ったような、なんといおうか、「同質性」のようなものを感じていたのだ。

楽器店から借りている「ヴィオラ二」。こちらは、ちょっと鳴りすぎで落ち着かない。華やかな音で、ついムキにさせられてしまうようなところがある。現時点でこうだということは、この先弾きこんでいくとますます華やかな音になってしまうことが予想できて、奏にとってはなんとなく「はしゃぎすぎ。身も蓋もない」という印象を受けるのだった。この先、自分に制御できなくなりそうな予感がある。

同じく楽器店から借りている「ヴィオラ三」。こちらは二とは逆によそよそしかった。ヴィオラらしい音、という点ではいちばんかもしれない。そういう渋い音はするものの、弾いているとまさに「借りてきた」楽器という感じがしてしまうのだ。奥深さやポテンシャルはあり、もしかするとこれがいちばん、将来いい楽器になるのではないかという予感はある。だが、果たして今ソッポを向かれているこの楽器を自分が振り向かせることができるのか、振り向かせた時に果たして微笑んでくれるのか、と考えると自信がなかった。あたしじゃなくて他の人ならあるいは、たとえばAさんとか、などと思ってしまうということは、やはり自分向きではないという気持ちがあるのだろう。

となると、やはり「ヴィオラ一」か。既に弾きこみつつある、先生に「あなたの」音がすると言われた楽器にすべきか。

「うーん」

奏は唸って、自分の演奏の再生を止めた。

いてもたってもいられなくなり、二階の自分の部屋に楽器を取りに行く。

三つのヴィオラケースを階段の踊り場に置き、奏はもどかしげに楽器を取り出すと、階段に腰掛けて「ヴィオラ二」から弾き始めた。

父も母も生徒さんを教えているので、自宅の地下には防音された立派な二つのレッスン室があるのに、奏はあえてこの階段に腰掛けて楽器を弾くのを好んだ。

それも、踊り場から三段下がったところ、といつも場所が決まっていた。

面白いことに、声楽をやっている姉もそうだった。彼女の場合は、踊り場に足が着くように、踊り場から上の二段目に腰掛けるか、踊り場に立って歌うのである。

階段の踊り場近くという、上に音が抜ける場所に開放感を感じるせいなのか、デッドな防音室よりも素に近い自然な音がするからか。

奏はこの階段で弾く音のほうが「本音」に近い、と感じていた。レッスン室ではどうしても「よそゆき」の音になる。

むろん、演奏家を目指すのならば常にお客さんに聴かせるための「よそゆき」の音であるべきなのだが、まだアマチュアの彼女は、時折こうして自分の「本音」を確かめ、自分と対話しなければならないような時間の必要性を覚えるのだ。

次に「ヴィオラ三」を弾き（やはり反りが合わない、と感じた）、最後に「ヴィオラ一」。

しっくりと馴染む音。楽器の持つ体温と、自分の体温が一致している感じ。

これでいいのかもしれない。

そんな考えが浮かんだ。

すんなりとこのまま、最初にヴィオラ奏者として手にしたこの楽器でヴィオラ奏者として生きていくのがあたしらしいのかもしれない。

ふと、階段の下の玄関の靴箱の上にある鈴蘭を活けたカゴが目に入った。

白い、可憐な花。

今は北海道に住む母の生徒さんが、毎年送ってくれるのだ。鈴蘭は初夏の花だから、きっとはしりの花なのだろう。それこそ、「楚々（そそ）とした」という言葉の似合う、控えめな花である。鈴蘭の花を見るたび、なぜか奏はいつも「なんだかあたしみたい」と思うのだった。

と、その時、スマホの着信音が鳴った。メールではなく、電話の着信音。

奏は慌ててキッチンに戻った。

栄伝(えいでん)亜夜

亜夜ちゃん？

奏は一瞬、怪訝(けげん)な思いでその名前を見た。

あの子は今ヨーロッパのはずだが。

芳ヶ江国際ピアノコンクールで二位を獲ったあと、彼女はパリ国立高等音楽院に留学したのだ。

アメリカのジュリアード音楽院とモスクワ音楽院にも誘われていたというのだからたいそう贅沢な話であるが、奏は亜夜がパリにしたのは風間塵がいるからではないかと踏んでいる。

パリなら時差は七時間。向こうはまだ朝か？

スマホを手に取る。

「はい、どうしたの亜夜ちゃん？」

「ねえ奏ちゃん、まだヴィオラ探してる?」

いきなり前置きなしで、どちらかといえば困惑したふうの亜夜の声を聞いて、奏は一瞬聞き間違えたかと耳を疑った。

「は? あなたどこにいるの?」

「プラハ。風間塵も一緒」

「風間くんも?」

「カナデー、元気ー?」

すぐそばで能天気な風間塵の大声がして、奏は思わずスマホから耳を離した。

「今、パヴェル先生んちー。先生んち、すごいよー。錦鯉飼ってるよー」

それはどうでもいいでしょ、という亜夜の声がした。あ、そうかと風間塵の声。

またすぐそばで風間塵。

「先生がカナデにヴィオラ売ってもいいって言ってるよー」

「パヴェル先生ってどなた? なんでそんなところにいるの?」

奏はますます混乱する。

「ごめんごめん、びっくりするよね」

亜夜が苦笑混じりの声で言った。どうやら風間塵からスマホを引き離したらしい。

亜夜が声を潜めた。

「あのね、ちょっと不思議な話なんだけどね」


確かにそれは不思議な話だった。

風間塵は、芳ヶ江国際ピアノコンクールの入賞者ツアーで、かなりのファンをつかんだらしく、依頼が殺到し、学校の休みを利用してコンサート活動を始めていた。むろん、そんなに大きなホールではなく、ライブハウスと言ったほうがいいようなところや教会など、小さな会場がほとんどらしい。亜夜は時々彼の演奏にゲスト（「というより、あたしなんか、一緒に入賞者ツアーにいただけっていう刺身のツマみたいなもんよ。風間塵の人気、結構すごいのよ。コアなファンがいるというか」と亜夜は言った）でついていって、デュオを披露しているという。

今回、プラハでデュオのコンサートの依頼があり、二人はパリから出かけてきた。

風間塵という少年は、根っからの居候タイプというか根無し草タイプというか、どこに行くにも寝袋を持参し誰かの家に転がり込む。なまじ、ユウジ・フォン＝ホフマンを通してヨーロッパの音楽界には知り合いが多数いるので、港々に女あり、とまではいかないものの、あちこちに泊めてくれる人がいるのだそうだ（しかも、結構エライ人が多くて、名前を聞いてびびってしまうことも多々あった）。

今回はコンサートのあとで、面識のあったチェコ・フィルハーモニーのヴィオラ奏者の家にもぐりこんだのだ（亜夜はさすがにホテルを取った）。

そのパヴェル氏、午後から仕事で出かけるというので、亜夜は朝いちで風間塵を迎えに行った。その足でプラハの観光をして、長距離列車を乗り継いでパリに戻る算段だったのである。

パヴェル氏の家に着いた亜夜。

奥様がドアを開けてくれた家の中から流れてきたヴィオラの音を聴いて、全く何の違和感もなく、「あ、奏ちゃんがヴィオラ弾いてる」と思ったのだという。

「ホント、不思議なんだよね」

亜夜は心底不思議そうな口調で言った。

「ちょっと考えてみりゃ、そんなことあるはずないじゃない？　ここはプラハなんだしさ。しかも、あたし、奏ちゃんの演奏、ヴァイオリンしか聴いたことないし。なのに、聴いた瞬間、すごく冷静に思ったんだよね、あ、奏ちゃんがヴィオラ弾いてるって」

が、更に不思議なのはここからだ。

風間塵が、亜夜の顔を見るなり、ヴィオラの音が流れてくるほうを指差し、「ね、あれ、カナデだよね。カナデが弾いてるよね」と言ったのだ。

全く同じことを感じていたと知り、二人は仰天。

まさか本当に奏が弾いているのでは、と慌てて音のするほうを見に行ったという。

むろん、弾いていたのはパヴェル氏である。

パヴェル氏は目を丸くしている二人を見て驚いたようだが、話を聞いて、「うーむ」と唸った。

「それは不思議」

パヴェル氏も言った。

実は、パヴェル氏が仕事でいつも使っているヴィオラは別のもので、今朝彼が弾いていたのは、いくつか持っている予備のヴィオラのひとつであった。しかも、普段は替えでもあまり使わない、めったに手にしないほうのヴィオラを、なぜかその朝は手に取る気になったのだという。

まるで、その日たまたま泊まっていた風間塵と、彼を迎えに来た亜夜にわざわざ聴かせたかったかのように。

「カナデ、ヴィオラ探してるって言ってなかった？」

亜夜も考えていたことを、風間塵が口にした。

「うん。これはもう、何かのお導きとしか思えない」

風間塵がその話をパヴェル氏にすると、氏も不思議がるのと同時に面白がった。家に錦鯉を飼うほどの親日家である彼は、一度も会ったことのない、日本のアマチュアの娘にこのヴィオラを譲ってもいいと請け合ってくれたのである。

「ね、凄い話でしょ」

奏の耳元で亜夜が弾んだ声を出す。

「しかもね、ほんと凄いの、なんとチェコ・フィル、今週末から日本ツアーなんだよ。パヴェル先生、奏ちゃんのヴィオラ持っていってくれるって」

奏は頭の中が真っ白になった。

ちょっと、ちょっと待ってよ、もう「奏ちゃんのヴィオラ」とか言ってるしっ。ピアノの天才なのは知ってるけど、弦楽器は知らない二人に言われても困るしっ。

「先生、今年で定年退職なんですって。チェコ・フィルで日本に行くのは今回が最後だそうよ」

ダメ押しのように亜夜の声がする。

なんと。

奏は呆然と目の前を見た。

パパもママもいないキッチン。

もちろん、先生もいない。

奏は泣きたいような、笑い出したいような、おかしな心地になった。

あたし、豆もやしと豚バラ肉の山の前で、こんな大きな決断を迫られてるわけ？

「カナデー？」

無言の奏を、風間塵が呼ぶ。

「そうかー、やっぱ音聴かなきゃダメだよねー。先生、弾いて弾いてー」

ひいっ、と奏は別の冷や汗を掻いた。

定年間近のチェコ・フィルのメンバーだなんて、どんだけのマエストロなのよ。そのマエストロに、この馴(な)れ馴れしさ。恐るべし、風間塵。

「チェコのメーカーの楽器だって。えーと、なんて読むんだろ、これ」

亜夜の声がする。

奏はハッとした。

チェコのメーカーのヴィオラ。奏の大好きな、あの豊かで複雑な中音の響きを持つオーケストラのヴィオラ――

突然、耳元に流れ込んできたその音に、奏はゾッとして全身が粟立(あわだ)った。

文字通り、髪の毛と体毛がふわっと浮き上がるのを感じる。

この衝撃をなんと説明すればいいのだろう。

戦慄。恐怖。それとも――絶望？

奏は、プラハから遠く離れた夕暮れの東京のキッチンで、全身に冷や汗を掻きながら、自分がこう答えているのを聞いた。

「はい、ぜひとも私にそのヴィオラを譲ってください」

階段の踊り場から三つ下の段に腰掛け、奏は手にしたヴィオラをしげしげと見つめていた。

ほれぼれするような飴色。後ろ姿の美しさには、えも言われぬ快楽を目に感じる。ニスを通して鈍い光を放っているようだ。

未だに今この場所に、この楽器が存在しているのが信じられない。目を離したら消えてしまうのではないかと、自分の部屋に置いてあると分かっているのに、しょっちゅう見に行ってしまう。

今や、「ヴィオラ一」から「三」の姿はない。

あれから一週間。たったの一週間しか経っていないなんて。

奏は玄関の鈴蘭に目をやった。

まだ鈴蘭は元気だ。楚々とした白い花は変わらずそこにある。

キッチンからは、火に掛けた鍋がクツクツいっているのが聞こえてくる。

チゲ鍋味決定大会のリベンジだ。

あの日ヴィオラを買うと言ってパヴェル氏の連絡先をメモして電話を切ったあと、結局チゲ鍋の味を決めるどころではなく、父と先生に電話を掛けまくり、日程を調整して来日するパヴェル氏に三人で会う約束を取り付けた時には深夜になっていた。

週末、来日したばかりのパヴェル氏をおっかなびっくりでホテルに訪ねると、最初の数分でいきなり奏の先生と話が弾んだ。パヴェル氏は、奏の先生の兄弟子にあたり、同じ師に学んでいたことが判明したのである。

気になっていた金額も、元々予算として考えていたものよりは二割ほど高かったが、めちゃめちゃ高いというほどではなく、むしろ、パヴェル氏がずっと手元に置いていたことを考えるとリーズナブルと言ってもいいだろう。

父と先生とパヴェル氏の空気が和やかになるのとは逆に、奏は緊張感を募らせていた。

目の前に置かれた楽器から片時も目が離せなかったからである。

それでは。

先生二人に促され、奏はその楽器を手に取った。

胸がこんなにどきどきしたことはない。


音を出す。


先生二人がハッとして、黙り込み、奏の音に聴き入るのが分かったが、奏はそれどころではなかった。

あの時、スマホ越しに感じた戦慄と衝撃を、再び体験していたからである。いや、実際に自分で音を出すのは、あれ以上の衝撃的な体験だった。

無我夢中で鳴らし、一通り音を出し終わって、奏が深く溜息をついて顔を上げると、先生二人はどことなく青ざめた顔をして奏を見ていた。

パヴェル氏が「君の楽器だね」と呟き、先生が「驚いた」と呟いた。

あなたは、そんな音が出せるのね。本当のあなたは――あなたのヴィオラは、そういう音だったのね。

そう、奏がこのヴィオラに感じたのは、どこかデモーニッシュなものだった。

あの時感じた戦慄や絶望は、これからこの楽器と共に拓くべき世界の底知れなさとタフさに対して、ここで覚悟を決めなければならないという武者震いのようなものだったのではないか。

あるいは、これからこのヴィオラと共に自分の音を作り上げるために闘っていく大変さを予感していたのではないか。しかも、まだこの楽器は完全に振り向いてくれてはいない——見せているのは、ほんの少しの横顔だけ。

しかし、奏は確信していた。その横顔に、かすかな笑みがあることを。いつか振り向いてくれた時、奏に向かってニッコリと微笑んでくれるであろうことを。

もしかして、あたしはどこかで決めつけていたのではないか——いや、あたしだけでなく、もしかすると、先生も。

先生の青ざめた顔を思い出す。

性格的にヴィオラに向いている、恐らくあたしが出すヴィオラの響きはこんな感じ、ヴィオラらしいヴィオラを目指し、いぶし銀のような音で、玄人好みのいい演奏をしていく。そんな未来を、漠然と脳裏に描いていたのではないか——知らず知らずのうちに、ヴィオラの世界を、イメージを、可能性を、ステレオタイプに限定していたのではないか。

あたしはヴィオラの豊かさと包容力をみくびっていた。そこにはもっと複雑で奥深い、到底一望することなど叶わぬ世界が広がっているのだ。

当然、そこにはひどく昏い場所もあれば、どろりと澱んだ場所もある。

そう、楚々とした控えめな鈴蘭に、実は毒があるように。

奏はそっと楽器をケースの中に戻し、立ち上がった。

足早にキッチンに向かう。

よしっ、今夜こそ、チゲ鍋の味を決めてみせるぞ。

奏は無意識のうちに、誰に見せるでもなく小さなガッツポーズを決めていた。

# 伝説と予感

夢を見ていた。

どこか懐かしく、わくわくするような、不思議な夢を。

夢の中で彼はとても明るい場所にいて、思いがけなく心の動く体験をしていた。

が、目覚めた瞬間、その体験は一瞬にしてどこかに行ってしまい、「心が動いた」

という痕跡だけが残っていたのだった。

なんの夢だったろう。

彼はゆっくりとベッドの上に起き上がる。

珍しく、素敵な体験をしたと思ったことは確かなのだが。

小さく首を振ると、ドアがノックされた。

「おはようございます。マエストロ、コーヒーをお持ちしました」

「ありがとう」

ドアが開き、先にコーヒーの香りが部屋に入ってきた。

続いて、無骨な、がっちりした身体つきの男が部屋の中に進み、コーヒーの載った銀の盆をサイドテーブルに置く。

「ヴィクトール、いつもここに来るたびに、どうやって君が私が起きたのを察知するのか不思議に思うよ」

男はかすかに微笑むと歩き出し、足を止めて振り返る。

「旦那様が、下で一緒に朝食を、と」

「分かった。コーヒーを飲んだらすぐに行くよ」

彼は、サイドテーブルの、銀の盆の隣にある楽譜に目をやった。


「そんなに珍しい楽譜なのかい？」

彼が楽譜を抱えて明るい朝食のテーブルに着くと、城の当主が彼の手元に目をやった。

「うむ」

彼は生返事をした。

「少なくとも、僕は初めて見る」

「へえ」

「ゆうべ弾いたのは、このバージョンだよ」

「そうだったのか。分からなかったよ」

彼はそっと楽譜をテーブルの上に置いた。

「もう少し借りていていいかな」

「もちろん。なんだったら、持っていけばいい。君が持っていたほうが役に立つだろうし」

「とんでもない」

彼は慌てて手を振った。

「お父上の貴重なコレクションだからね。ここにいるあいだ見せてくれればじゅうぶんだよ」

「僕には価値が分からないからねえ。親父のコレクションに楽譜があるとは思わなかった。君が見つけなければ、きっと知らないままだったろうよ」

当主は肩をすくめた。

当主の父親は著名な古書コレクターだった。彼は、前日たまたまその書斎を見ていて、ピアノの楽譜を見つけたのである。

「親父のコレクションに楽譜が入っているとは聞いてないから、たぶん出入りの古本屋が何かの抱き合わせでまとめて親父に引き取らせたものなんじゃないかな」

「ああ、なるほど」

ダヴィッド同盟舞曲集。

シューマンの中期の作品で、幾つかの改訂版は知られているが、どれとも異なる。楽譜に異版や改訂版は付き物だ。以前、パリの蚤の市で、やはりシューマンの古い異版を見つけたことがある。まだまだ見つかっていないものがあるに違いない。

「書斎をもう一度見せてもらっていいかな。他にも楽譜があるかもしれない」

「どうぞどうぞ、好きに何時間でも見てもらっていい。もうサロンコンサートも終わったし、ゆっくりしていってくれ。今年も大成功だったよ。ありがとう、ユウジ」

「では、お言葉に甘えて」

朝食を終えて立ち上がると「じゃあ、書斎の鍵を持ってくる」と当主も立ち上がった。

長い廊下に、明るい朝の光が射し込んでいる。

広い窓の向こう、斜面に木々が並んでいる。この山ひとつが領地なのだ。

と、一人の若い男がメモを片手に歩き回っているのが見えた。

数歩歩いては足を止め、何事か書き込んでいる。

「何をしてるんだ？」

彼が呟くと、それを聞いた当主が口を開いた。

「ああ、ここ数年、パリからああして来てる。パリ大学の研究者だよ。日本人の若い男なんだが、養蜂家も兼ねてるそうだ。うちの農園の場所が、リンゴの花の開花基準日にちょうどいいとかで、この時期開花の具合を調べに来るんだよ」

「へえ」

しげしげと木々を調べ、几帳面にメモを取る男。

その真剣な横顔が印象的だった。

「なかなか面白い男でね。若いのにすごい物知りだ。フランス語もうまい」

「君が誉めるとは、珍しい」

明るい場所。

彼は目を細め、木々の上に広がる、抜けるような青空をしばし見上げた。

「ここで待っていてくれ。鍵を持ってくる」

書斎の前で、当主はそう言い置いて足を速めた。

彼は、窓の外の緑に目をやった。

光を浴びた柔らかな色は、目にもみずみずしく、伸びやかだ。しかし、その色は、同時に自分の老いを思い起こさせずにはいられない。

ふと、どこからかピアノの音が流れてきた。


おや、誰かがピアノを弾いている。

大広間のピアノにしては、ずいぶん近くに聴こえるが。

「すまん、待たせたな」

当主が早足で戻ってきた。

「誰がピアノを弾いてるんだ？」

彼が尋ねると、当主は不思議そうな顔になり、ピアノの音に今気付いたようで、「ああ」と言った。

「あれは玄関脇のロビーのピアノだろう」

「ロビーの？」

彼は驚いた。

確かに、ロビーのほうが近い。あそこにはアップライトピアノが前から一台置いてあったが。以前、戯れに鳴らしてみたことがある。

「調律したのかい？」

当主は鍵を開けながら、再び不思議そうな顔で振り向いた。

「いいや。調律するのは、大広間のグランドピアノだけで、しかも君が来る時だけだよ」

「じゃあ、あのアップライトピアノはずっと調律していないと？」

「そう。あれ、なんだ、うまく回らないな」

当主は鍵に気を取られている。

しかし、彼のほうはピアノの音に聴き入っていた。

調律していない？　しかし、この音は。

彼は耳を澄ました。

ちゃんと鳴っている。音になっている。

「——誰が？　お客さんの中の誰か？」

「ああ、やっと開いた」

当主はドアを開けた。そして、彼がピアノの音を気にしているのに気付き、口を開いた。

「弾いてるのは、さっき外にいた、研究者の子供だよ。今年は子連れで来ててね。ピアノが好きらしくって、ほっとくとあそこのピアノを叩いてるんだ」

「——子供？」

彼は聞きとがめた。


子供だと？

しかし、子供の出す音にしてはあまりにも――しかも、あのピアノで？


「ユウジ？」

当主が、三たび不思議そうに友人を振り返った。

だが、友人はそのことにも気付いていないようだった。


ダヴィッド同盟舞曲集。


彼は衝撃を受けていた。

今、流れているのは確かにシューマンのあの曲である。しかも――

これは、私がゆうべ弾いたバージョンだ。

彼は手にしている楽譜を見下ろした。

間違いない。ゆうべ私が弾いた、この異版の――

つまり、このピアノを弾いている子は、ゆうべの私の演奏を聴いて、それを覚えていて、今ピアノで再現している――


全身を、戦慄が駆け抜けた。

恐怖にも似た衝撃に、彼は一瞬眩暈を覚えた。

「ユウジ？　どうしたんだ？」

友人の声が、どこか遠くに聞こえ、彼は駆け出していた。

ピアノの音が大きくなる。

彼は息を切らせ、玄関脇のロビーの入口に立った。


光が射し込んでいる。

その光の中に、小さな男の子がいた。

熱心に、たどたどしい動きで、ピアノを弾いている。

ふと、彼の中に、今朝明け方に見た夢が蘇ったような気がした。

そう、夢の中で、私はこの光景を見ていたのではないか。

明るい場所で、素敵な体験をした——深く、心が動いた何かを体験した。それは、きっと、今目の前のこの光景のことだったのではないだろうか。

しばらく子供はピアノを弾いていたが、ピアノに人影が映っているのに気付いたのか、ぴたりと弾くのをやめ、振り返った。

きょとんとした、小さな顔。

見開かれた大きな目。


とても、美しい、光に包まれた——


彼は、胸がどきどきしてくるのを感じた。

感動にも似た、不思議な高揚感が込み上げてくる。

「やあ」

彼は、そう声を掛けると、ゆっくり子供に向かって歩いていった。

子供はすとんと椅子から下りて、じっとこちらを見つめている。

彼は、そっと彼の前にしゃがみこむと、子供と目を合わせた。

「邪魔をして、済まなかったね」

そう言うと、彼はきょとんとしたままだったので、ああ、この子は日本人だったな、と気付く。

「こんにちは。お名前は？」

今度は日本語で声を掛ける。

すると、理解できたのか、男の子は頷いてニコッと笑った。

「かざまじん、です」

はきはきとした声。

カザマ・ジン。

ｊｉｎｎ。なるほど、精霊の名は彼にふさわしい。

「僕は、ユウジ」

彼は、ゆっくりと言った。

男の子の口が「ユウジ」と動くのが分かる。

「ユウジ・フォン＝ホフマンといいます。どうぞ、よろしく」

彼が手を差し出すと、男の子はニッコリ笑って、その手をしっかり握り返した。

# 文庫版あとがき

二〇二一年のショパン・コンクールは面白かった。日本のコンテスタントがこれまでになく多彩なバックボーンを持つ逸材ぞろいだったこともあるし、コロナ禍下でより多くの人がリモート中継で鑑賞していたこともある。リアルタイムで世界中の観客のコメントが流れるのも新鮮だった。まさに、コンクールが世界のきらめくアーティストたちのショーケースを楽しめる場であり、目的地ではなく始まりの場所だということが、改めて認識されたのではないだろうか。

この『祝祭と予感』という、『蜜蜂と遠雷』のスピンオフ短編集を作るきっかけは、『蜜蜂と遠雷』でコンテスタントたちが弾く曲のコンピレーション・アルバムを作ったことだった。

結局、三社から三種類のコンピレーション・アルバムを出していただいたのだが、その付録として書いた短編が「祝祭と掃苔」及び「伝説と予感」だったのである。

せっかくだから、映画化に合わせて短編集にしよう、ということになり、他の短編を書いた。ご推察の通り、最初と最後の短編のタイトルを組み合わせてこの書名となっている。

もっとプレッシャーを感じるかな、と思ったが、学生時代に熱心に活動していたサークルのOBが在校生を訪ねるような感覚で、意外にリラックスして書けた。

「鈴蘭と階段」の取材で、世界的ヴィオラ奏者、今井信子さんにお会いできたのは光栄だった。今井さんが中心メンバーとなって開催するヴィオラのコンクールを聴いた。ヴァイオリンとかピアノとかのコンクールに出る女性奏者は、だいたいみんな華やかなドレスを身にまとっているのに、ヴィオラ・コンクールに登場する女性奏者は全員モノトーンの、はっきりいって地味な衣装だったのが印象的だった。やはり、その楽器を選ぶ性格ってあるんですねえ。

今回、文庫にするにあたって、本編がいささか短いので、おまけを付けることにした。

『蜜蜂と遠雷』を書いたことで、音楽関係のエッセイを書く機会を多くいただいたので、それらをエッセイ集として巻末に載せようと考えたのだ。タイトルはもちろん、フォークナーの『響きと怒り』のもじりで、短編のそれぞれのタイトルが「○○と×

×」となっているのに合わせた。

そもそも、このエッセイ集の最初の一編が、前述したコンピレーション・アルバムの、短編を書かなかった残る一社のアルバムに書いたものである。

武蔵野音楽大学に映画『蜜蜂と遠雷』の本選のシーンの撮影を観に行ったのも懐かしい。

学内の大ホールに、エキストラで募集したお客さんがいっぱいに入っていて壮観だった。

楽屋に足を踏み入れ、栄伝亜夜を演じる松岡茉優さんを一目見て、あまりになりきっておられたので、思わず「亜夜ちゃん！」と声を掛けたことを覚えている。

キャストと背格好の近い吹き替えのピアニストが数人いらして、その方たちも錚々(そうそう)たるコンクール入賞歴を持っておられるのに、実際の音の吹き替えは別のピアニストがしている、という状況に、この世界は層が厚くて本当に厳しいな、と痛感したことも。撮影のために、ピアノの音が出ないようになっていたのだが、「音を出さないようにするのは実はけっこう大変なんです」と調律師の方が話していたのも印象的だった。

映画のために小説内の課題曲「春と修羅」を藤倉大さんに作曲してもらえることになったのも嬉しかった。たまたま行った飲み屋で隣り合わせた方が藤倉さんの友人だった、という噓みたいな偶然で（実はこの時の記憶がやや怪しくて、数日後に藤倉さんご本人からメールをいただいた時は、キツネにつままれたような気分になったものだ）、この小説の「引き」の強さに驚いた。

『蜜蜂と遠雷』の続編はないんですか、とよく聞かれるが、私の中では、もう彼らについて書くべき話はスピンオフの『祝祭と予感』で終わっている。それでも、彼らの音楽活動は今もどこかで続いていて、きっと素敵な音楽を生み出し続けているんだろうな、という気がするのである。

二〇二二年一月

恩田　陸

この作品は二〇一九年十月小社より刊行されたものです。

# 祝祭と予感

恩田陸

令和4年4月10日　初版発行

発行人――石原正康
編集人――高部真人
発行所――株式会社幻冬舎
〒151-0051東京都渋谷区千駄ヶ谷4-9-7
電話　03(5411)6222(営業)
03(5411)6211(編集)
振替00120-8-767643
印刷・製本―中央精版印刷株式会社
装丁者――高橋雅之



幻冬舎文庫

ISBN978-4-344-43178-2　C0193　お-7-16

幻冬舎ホームページアドレス　https://www.gentosha.co.jp/
この本に関するご意見・ご感想をメールでお寄せいただく場合は、
comment@gentosha.co.jpまで。

響きと灯り

## 文庫版『祝祭と予感』付録音楽エッセイ

『蜜蜂と遠雷』を刊行し、映画化もされたことで、2017年から2019年にかけて、音楽関係のエッセイの依頼を多数いただいた。今回、文庫版のおまけとして、当時の関連エッセイ＋それまでにも書いていた音楽関係のエッセイをまとめてみました。

# 響きと灯り＊目次

# 『蜜蜂と遠雷』登場曲への想い

いちばんはじめに資料として購入したのは「平均律クラヴィーア曲集」の楽譜とCDだった。いくら子供の頃からピアノを弾いていて、これまでもピアノ曲を聴いていたとはいえ、クラシックのピアノコンクールのプログラムを作るというのは全くの未知の世界で、どう構成すればいいのかまるで見当がつかず、ものすごく不安だったのを覚えている。

とにかく課題曲の音源と楽譜を集めることから始めたのだが、ひたすら地道な試行錯誤の繰り返し。プログラムを作っては、プログラム通りに曲を聴いていく、という日が続いた。4人のプログラムの最初の叩き台が固まったのは、連載が始まってずいぶん経ってからである（たぶん「エントリー」の終わりの方を書いている頃だろう）。作っては聴き直し、また曲を入れ替える、を何度も何年も続けていったので、最終的に全プログラムが決まったのは3次審査を書き始めた頃だったと思う。

浜松国際ピアノコンクールのプログラムは大いに参

考になった。実際に弾いているのを聴いて、これをぜひマサルに弾かせようと思ったのは、バルトークのピアノ・ソナタである。逆にリストの「メフィスト・ワルツ」は何度実際に弾いているところを聴いてもあまりピンと来なかったのに、アルフレッド・ブレンデルの昔の音源を聴いて初めて〝いい曲だなあ〟と思ったことが印象に残っている。むろん、既成のCDを聴いてプログラムを作ったわけだが、なかなか理想の演奏（要は私の好みの演奏ということですが）に巡り合えず、頭の中でのみ鳴っている演奏も多い。ラヴェルの「鏡」やドビュッシーの「喜びの島」などは、風間塵と栄伝亜夜の演奏がそうであろうと思っているので、ぜひこの先現実でも〝これだ〟という演奏に出会いたいものだ。

何年も聴き込んでいるうちに、こちらの好みも評価もずいぶん変わってきてしまった。特に練習曲に関して言えば、聴き始めた頃はショパンやリストの方が好きだったが、ずっと聴いているうちにラフマニノフやバルトークの方が好きになった。連載が長くなり、登場人物の性格を理解していくにつれ、最初に予定していた曲でも〝この子はこの曲は選ばないな〟と差し替えたものもある。

ただ、風間塵には１次審査で「平均律クラヴィーア曲集」の第１巻第１番とモーツァルトのピアノ・ソナタヘ長調K.332を弾かせようというのだけは決めてい

た。K.332は、私が子供の頃に弾いて、文字通り〝雷に打たれたような〟衝撃を受けたメロディなので、記念に入れておきたかったのだ。

今改めて4人のプログラムを見ると、気に入っている選曲は風間塵の2次、栄伝亜夜の2次、マサルの3次だろうか。自分で弾けるなら栄伝亜夜の2次が弾きたい。しかし、やはりどうみても風間塵の選曲、実際にやったら落ちるだろうなあ。

最も苦労した曲は、やはりリストのピアノ・ソナタロ短調だろう。この長い曲をどう描いていいか分からず、パソコンを前に途方にくれた。私は昔から〝ながら勉強〟ができないタイプ。演奏を聴いている時は、演奏のみを聴く。結果、〝ロ短調ソナタ〟はうんうん表現を探しながら数百回も聴くはめになった。

風間塵と栄伝亜夜が〝月〟つながりの曲を連弾するシーンも気に入っている。個人的な意見だが、ベートーヴェンの月光ソナタ第1楽章と「荒城の月」、第2楽章と「フライ・ミー・トゥ・ザ・ムーン」、第3楽章と「ハウ・ハイ・ザ・ムーン」をカップリングしても違和感がないと思う。「アフリカ幻想曲」は、サン゠サーンスが自らソロで弾いている音源もあるそうだが、上原ひろみにソロにアレンジしてもらって聴いてみたい。

コンツェルトの選曲も迷った。といっても、迷ったのは風間塵だけである。彼にもプロコフィエフの3番

を弾かせて、マサルと全く異なる演奏で勝負するというのも考えたが、やはりこの子はバルトークだろうと思い、それはやめた。迷ったのは、どのバルトークを弾かせるかである。3番がいちばんメジャーだけど、私は1番と2番も好きなのだ。もっとも、課題曲の選曲には1番が入っていないので、2番か3番かということになる。これまた来る日も来る日も2番と3番を聞き比べて迷いに迷った。

2次審査の時にマサルと亜夜が風間塵のコンツェルトの選曲に言及するところがあるので、一応3番に決めてはいたものの、実は、本当に決め手となったのは、2015年に出た、キース・ジャレットの古希の記念に日本で企画されたアルバムだった。クラシックとジャズと1枚ずつあり、クラシックの方は彼がかつて弾いたコンツェルトのライブ盤で、バルトークの3番とバーバーの作品38が入っていたのだ。これがとても素晴らしく、実に私の好みの演奏だったのである(この時の秋山和慶(あきやまかずよし)の指揮と新日本フィルも素晴らしい)。かくて風間塵にバルトークの3番を弾かせる覚悟が決まった。

残念ながら、演奏時間の都合で入れられなかった曲、後になってから〝入れたかった〟と思った曲もある。シューベルトが1曲も入れられなかったし、シューマンのソナタ、ベートーヴェンの後期のソナタも入れられなかった。スクリャービンは後から面白さを発

見した作曲家で、これもまた1曲も使えなかった。どれをとっても表現に苦労しそうな曲ばかりだが、描くとすればどうするかなあ、と今でもCDを聴きながら、ふと考えてみたりする。

〈CD「蜜蜂と遠雷 音楽集」(ナクソス)収録エッセイ 2017年〉

**追記**

『蜜蜂と遠雷』のコンピレーション・アルバムをナクソスさん、ソニーさん、ユニバーサルさんの三社から出していただいたが、これは最初に出してもらったナクソスさんのアルバムに書いたもの。

# 初めて聴いた時の衝撃と感動に<br>いま一度立ち戻りたい時の曲

1　「展覧会の絵」／ムソルグスキー
2　「ツィガーヌ」／ラヴェル
3　「管弦楽のための協奏曲 Sz.116」／バルトーク

収録盤

1　**『ソフィア・リサイタル1958』**
演奏：スヴャトスラフ・リヒテル（ピアノ）／巨匠・リヒテルが世界的に認められるきっかけとなった、1958年2月に行われた演奏会の記録。デッカ／1,200円（CD）。

2　**『カーネギー・ホール・リサイタル』**
演奏：五嶋（ごとう）みどり（バイオリン）／ニューヨークのカーネギー・ホールのオープン100周年を祝うライブ音源を収録した1990年録音盤。ソニー・クラシカル／1,600円（CD）。

3　**『バルトーク：管弦楽のための協奏曲　弦楽器、打楽器とチェレスタのための音楽　ハンガリー・スケッチ』**
指揮：フリッツ・ライナー／演奏：シカゴ交響楽団／RCAレッド・シール／2,000円（SACD）。

幼少期からピアノ曲は聴いていましたが、いわゆるクラシックを聴き始めたのは社会人になってからですし、全く聴かない時期もありました。聴き慣れるとBGM化してしまう音楽。最近キチンと「聴いて」ないな、と思った時に聴き直す3曲です。1は、小学6年の時に聴いて、その独創的なメロディの数々、実在する絵から着想したという物語仕立ての構成に驚き、圧倒されました。弾けもしないのに楽譜を買ってもらいましたが、私の小さな手ではもちろん無理でした。2は、社会人になってから、たまたまテレビで聴いて全身が震えるほど感激。超絶技巧を要する曲ですが、さりげなく含まれるユーモアにもぐっときます。3は、学生時代に管楽器を吹いていたんですが、全く自分が「吹いて」などいなかったと思い知らされた曲。普通、オーケストラは楽器を聴き分けられますが、シカゴ交響楽団は、音があり得ない完成度で溶け合う、異次元レベルの演奏です。

〈「BRUTUS」(マガジンハウス)
No.916「クラシック音楽をはじめよう。」2020年〉

**追記** ——————————

雑誌「BRUTUS」クラシック音楽特集の「みんなのMYクラシックピースガイド」に、それぞれのテーマで選んだ三曲というお題への回答。

# 音楽が遍在する世界で。

最近のことだが、都内某所のいわゆる「昭和歌謡曲バー」に行った。

築四十年くらいは経っているだろうと思われる古い喫茶店を居抜きで使っていて、店主はまだ三十歳そこそこ。こちらはバリバリ昭和世代。洗面所への白いフランス窓ふうのドアが懐かしいね、と何気なく言ったら、「あのドアはネットで買いました」と言うではないか。つまり、その店は完全な居抜きではなく、店主は店を少しずつ、彼のイメージする「昭和風」に改装していたのである。

更に、ソフトが凄かった。シングル盤とLP盤を聴けるのはもちろん、デジタル音源のストックも充実。「まさかこんな曲はあるまい」と自信を持ってリクエストした曲を、あっさり次々と掛けてくれるのである。

むろん、昔から「どうしてこんなに若いのに、こんな古い曲知ってるの」という耳年増(みみどしま)な若者はいた。しかし、それは歳(とし)の離れた姉や兄がいたとか、両親がマ

ニアだったとか、納得できる理由があったものだ。だが、今はあらゆる時代のものが一律に、部屋にいながらにして聴けるのだ。四百年前に作られた巨匠のクラシックと、初めて作曲した子供の曲とが、同列の扱いで聴き比べられる。そのことの凄さを、改めて目の当たりにした気がした。

ピアノコンクールを描いた私の小説『蜜蜂と遠雷』は、読者の脳内で読者だけの音を鳴らしてほしいと思って書いたものだが、実際のところ、かなりの人がYouTubeで曲を探して聴きながら読んだと聞いて、「こんな時代が来たのか」と実感させられた。

そういう「こんな時代」に音楽家を目指すということは、どういうことなのだろう。かつては、音楽家や音楽ファンは、音源を集めて他人の演奏を聴くことそのものにかなりの労力を費やしてきた。「耳年増」になるには、ある程度の財力と時間と努力が必要だったのである。ところが、今の若き音楽家は、そこのところはほとんどすっ飛ばして、既に「耳年増」であるところからスタートしている。

小説の取材で十二年かけて四回、モデルとなるピアノコンクールに通ったし、他にもいろいろ聴いたが、癖のある演奏が本当に減った。技術も確実に底上げされているし、さまざまな音源で曲が研究され尽くしているのが分かる。どのコンクールも激戦になるいっぽうで、ここからプロの音楽家として頭ひとつ抜け出る

のは、つくづくたいへんなことだと思った。

今後、この「一律に、同列にすべてが聴ける」環境が演奏にどんな影響を与えるのか。この先十年も経った時、みんなどんな演奏をしているのか。あるいは、みんなどんなふうに音楽を聴いているのか。ちょっと想像してみただけでも、怖いような楽しみなような、複雑な気分になるのである。

〈「東京人」(都市出版)2017年10月号〉

**追記**

雑誌「東京人」の「クラシック音楽都市？東京」という特集に書いたもの。

# 心に残るクラシック

## オーケストラの初体験

　私が通った高校の音楽の授業はちょっと変わっていた。というか、後から考えてみるとかなり異色だった。期末の試験で、得意な楽器の演奏をすると、単位に振り替えてくれるのである。年に一度、その中から上手な生徒を集めてミニ・コンサートまでしていた。

　音楽担当のT先生は、県の交響楽団の指揮などもしている、いわゆる名物教師であった。そもそも私が入学した時にはまだ旧校舎から新校舎への移行期で、特別教室は古いものと新しいものを両方使ったが、T先生はよい音楽室を作るよう、県に相当熱心に働きかけたそうで、確かに一学校の音楽室としてはステージもあり、小さなスタジオかホールかと思うほど音響もしっかりしていて、初めて新校舎の音楽室に足を踏み入れた時は、「わあすごい」と誰もが声を上げたほどで、相当に恵まれた環境だったと思う。

　初めての期末試験で私はピアノを弾いたのだが（モーツァルトのピアノ・ソナタ第8番K.310）、T先生は

たいそう誉めてくださり、顧問をしている吹奏楽部の演奏会のエキストラに呼んでくださった。なんの曲だったか忘れたが、たぶんハープのパートをピアノで弾いたのではなかったかと記憶している。その何回目かの練習の時、吹奏楽部の子と一緒に、県民会館のコンサートのチケットをもらったか買ったかして、みんなで聴きに行ったのだ。記憶はあやふやだが、恐らくNHK交響楽団のコンサートで、指揮はサヴァリッシュだったような気がする（当時はオーケストラの名前も、指揮者の名前もろくにチェックしていなかった）。

子供の頃、親に連れられてコンサートに何度か行ったことがあるけれども、ものごころついてからちゃんとオーケストラ演奏を聴きに行ったのはこの時が初めて。

そこで聴いたプロコフィエフの〈三つのオレンジへの恋〉が強烈に印象に残っている。他の曲は全く覚えていない。なんと、指揮者が最後の音のタクトを振り下ろすのと同時に、「どうだ！」というように満面の笑みで手を広げて、客席に向かってパッと振り返ったのである。

うわあっ、という大歓声。

鳥肌が立つような興奮があった。もちろん、客席は沸きに沸き、拍手喝采。あの時のカッコよさ、すごい高揚感があった。生のオーケストラで興奮したのはあれが初めてだった。

私は子供の頃から日記兼読書・映画・ステージ感想日記兼漫画や詩やお話の断片みたいなものをえんえんノートにつけているのだが、この日、うちに帰って、見開き二ページに、〈三つのオレンジへの恋〉のラストシーンの印象をカラーで絵に描いたのを覚えている。

それ以降、オーケストラの生演奏を再び聴くまでには長いブランクがあるのだが、最初に感心したのが〈三つのオレンジへの恋〉だったのは、今となっては非常に象徴的だったような気がするのである。

長い歳月を経てクラシックのCDを聴くようになり、ピアノコンクールの小説まで書いて、ようやくクラシックファンを名乗ってもいいかなと思うようになった昨今、聴けば聴くほど、しみじみ「プロコフィエフって天才！」と感嘆するからだ。今回、この原稿を書くために実に二十ウン年ぶりに〈三つのオレンジへの恋〉のCDを購入して聴いてみたのだが、記憶の中のもの以上になんと素晴らしい曲であることか。結局、一週間くらい毎日ひたすら繰り返し聴いている。なるほど、私のクラシック・オーケストラの入口は間違っていなかったのだと、当時の自分を誉めたいような、不思議な心地がするのである。

〈「月刊オーケストラ」(読売日本交響楽団)2017年12月号〉

## ブラームスのやるせなさ

俗に3Bと呼ばれるバッハ、ベートーヴェン、ブラームスだが、子供の頃から最も親しみを覚えていたのは、圧倒的にブラームスだった。初めて〈二つのラプソディ〉をピアノで弾いた時の「心の震え」は今でもくっきりと覚えている。

例えば、この三人に何かを相談するとしよう。

バッハに職場の悩みを打ち明ける。彼は、「うん、うん」と頼もしくじっくり耳を傾け、分析。「わかった、要するに、君はその取引先とは合わないんだな。よし、担当替えるよう課長に言っとくから」と問題解決策を直ちに提示。その場で課長に電話してくれる。しかし、相談したほうは、なんだかもやもやした気分だ。こっちは、その取引先にいかに問題があるかを聞いてほしかったのであり、自分がいかに不当な目にあい、不愉快な思いをしたのかを聞いてもらいたかったのだ。確かに一件落着はしたものの、なんだか肩透かしを喰らったような心地である。

ベートーヴェンに家庭内の問題を打ち明ける。ねえあなた、実家の母の具合が思わしくないようなの。元々持病はあったんだけど、お隣と駐車場の境界線の件で揉めてるのが心労になってるみたい。あそこ、ずっと前から問題だったんだけど、お隣もおじいさんが亡くなって、息子がどこかの不動産業者を連れてきたらしくって、いろいろ入れ知恵されてるみたいなの

よ。あたし、ちょっと帰って話を聞いてくるから、あなたも相談に乗ってくださいね。場合によっては、あなたも今度一緒に来て、みんなと話してくださらない？

彼は、仕事のことしか頭にないので上の空。「うん、うん、分かった、行っておいで」と相槌(あいづち)のみ。が、数日して、キッチンの明かりが消えているのに気付き、「あれ、お母さん、どこ行ったんだ？」と不思議そうに娘に尋ね、「お父さん、お母さんの話聞いてなかったの？」と娘を立腹させる。

やっぱり、何か相談するならブラームスだろう。特に、はっきりと言葉にできない胸の不安を打ち明けるなら彼だ。私、もうあの人のことが分からなくなってしまいました。ううん、分かってると思っていたこと自体、間違いだったのかも。最近、特に変なんです。心ここにあらずというか、何かの拍子にひどく暗い目をする瞬間があって。みんな、思い過ごしだって言うんですけど、私にはどうしても納得がいかなくて。

ブラームスなら、このような打ち明け話に、決して明快な解決策は示してくれないかもしれないけれど、じっと耳を傾けて共感してくれるような気がする。

ブラームスの曲には「揺らぎ」があって、水面のようにいつも光と影がチラチラと動いている。移ろっている。ベートーヴェンに「感動的」「叙情的」「劇的」などの漢語の形容詞がふさわしいのとは対照的に、ブ

ラームスには「やるせない」「もどかしい」「せつない」などの、ひらがなの形容詞がふさわしいような気がする。

そんなわけで、私のアイドルはブラームス。いっとき、取り憑かれたようにブラームスのピアノ協奏曲ばかり（一番、二番を交互に）聴いていた時期があった。しかも、ピアニストを替えて。日に日にCDの棚にブラームスのピアノ協奏曲だけが増えていく。

ブラームスのピアノ協奏曲はオーケストラもガチ。ピアノ協奏曲というより、ピアノ入り交響曲と言ってもいいくらいだ。そのオーケストラの素晴らしさにうっとりしているうちに、ふと、「じゃあオーケストラだけの交響曲も聴いてみたら？」と思いついた。それほど、長いことピアノにしか興味がなく、そう思いつくまでに長い歳月が掛かった。そこで初めて聴いたのが交響曲第一番である。

ものすごい衝撃を受けた。出だしから、ブラームスのやるせなさ全開。以来、いろいろ聴くようになったものの、交響曲では今でもブラームスの第一番が一等好きだ。何度聴いても、あの曲が始まった瞬間に「うわーん」と声を出して泣きたくなる。

〈「月刊オーケストラ」（読売日本交響楽団）2018年1月号〉

**シューマン様に謝れ!**

子供の頃、引越が多かったので、四歳からのべ五人の先生にピアノを習った。その中で、唯一「ピアノを弾くのが楽しい」と思わせてくれたK先生に習ったのは小学校六年生の一年間だけだったが、引越する時に「僕のいちばん好きなピアニスト」と先生がくださったレコードがディヌ・リパッティだった。長じて、もう一度リパッティを聴くようになったのはずいぶんあとで、OLとの兼業作家だった私が独立して専業作家になり、1Kのアパートから2DKのアパートに引越し、大きなCDラックを購入してからのことだった。近所——といっても私鉄のひと駅ほど歩いたところの商店街に小さなクラシック専門のCDショップがあって（新譜と中古を両方扱っている店で、店主はほとんどを仕入れに出かけているのか、週に三日しか営業していなかった）、そこで何枚かリパッティのCDを入手したのがきっかけだった。

古い音源のものが多く、録音状態のいいものはそんなに残っていないのだが、それでもその水際立ったタッチ、「これ以外ありえない」という自然かつモダンな表現に引き込まれた。中でも、今も名盤とされる、カラヤンと収録したシューマンのピアノ協奏曲は何度聴いたか分からない。特に、第一楽章のカデンツァ部分と第三楽章のラスト前の転調部分は何度聴いても痺(しび)れる。

自身もピアノの名手だったというシューマンだが、ピアノ協奏曲はこの一曲しか残していない。ふと、何かの折に、ピアノ協奏曲の難易度ランクというのを見ていたら、シューマンの協奏曲が最高難度としてあるのに驚いた記憶がある。

私はこの曲の譜面も持っているが、ざっと見た印象では、そんなにめちゃくちゃ難しいという感じではない。少なくとも、「こんなのどうやって指押さえるの？」みたいなところはないし、メロディーも素直で、ただ譜面通りに弾くだけであれば、あまり手の大きくない私でも、しばらく練習すれば弾けそうだ。これが他の名だたる協奏曲よりも難しいとは、と首をひねった。しかし、確かに「協奏曲」としての難易度というのは、譜面の難しさには比例しないし、ましてや上手な人が弾いていれば、難しい曲も簡単に聴こえるのが常である。そして、確かにシューマンの協奏曲の難易度が高いということを思い知らされたコンサートがあったのである。

年の瀬の帰省前。実は生でシューマンのピアノ協奏曲を聴くのは初めてだった。新進気鋭の某国のピアニストで、何度も来日していて、ここ数年は複数のピアノ協奏曲を演奏するというのが恒例になっていたらしい。ホールは都内の一流どころだし、今年のライブ聴き納めととても楽しみにしていた。

第一部の協奏曲はベートーヴェンの〈皇帝〉。こち

らは余裕綽綽（しゃくしゃく）で実に素晴らしい弾きっぷり。さすが若手ホープ、と気持ちよく聴いて第二部のシューマンをわくわくしながら待った。しかし、スタートしてすぐに、「？」と思った。〈皇帝〉よりも全然音が小さいのだ。やがて分かった。明らかに練習不足であると。恐らく、彼ほどの才能なら、曲そのものをさらって暗譜するのはそんなに時間が掛からなかっただろうから、このくらいで大丈夫、と思ったに違いない。おまけに、オーケストラともあまり曲を合わせていなかったらしく、本番で初めて、いかにこの曲をオーケストラと共に引っ張っていくのが難しいのかに気付いたのだ。特に第三楽章は大部分が掛け合いで途切れなく、仕切り直して合わせられるところがほとんどないので、互いの音を聴かないと合わせられないのだが、ピアニストに自信がなく、どんどん音が小さくなっていくので、オーケストラもピアノの音を聴こうとつられていよいよ音が小さくなっていく。止まってしまうのではないかと非常にハラハラさせられ、なんとか終了。ピアニストと指揮者が抱きあったのはどう見ても「止まらなくてよかった」という安堵（あんど）であった。私も安堵したものの、やがて猛然と怒りが込み上げてきた。私のいちばん好きなピアノ協奏曲を練習不足で披露するとは！　シューマン様に謝れ！　拍手もせずに即座に席を立って帰ったのは、いまだにあの時だけである。

〈「月刊オーケストラ」(読売日本交響楽団)2018年2月号〉

## サントラ・マエストロの職人芸

初めて買ったレコードというのは、誰でもよく覚えているものだ。私が所属していた大学の音楽サークルの合宿では、新入生が初めて買ったシングルレコードとLPレコードを告白するというのが習慣になっていて、正統派ジャズバンドに入ってきた彼らのルーツがアイドルだったりカントリーだったりするのに受ける、というのがお約束だったのだ。

私が初めて買ってもらったLPレコードは、映画音楽（もちろん洋画）のテーマ曲集だった（ちなみに、シングルは原田真二「OUR SONG」)。「風と共に去りぬ」「第三の男」「道」「荒野の七人」「ある愛の詩」「シェルブールの雨傘」「ゴッドファーザー」「スティング」など、このレコードで先に覚えた曲も数多い。今や映画音楽というとエンドロールに流れる主題歌のことだと思っている人も多いけれど、私が小学生だった当時、映画音楽くらいカッコいい音楽はないと思っていたのを覚えている。

その後もサウンドトラック好きは続き、一作品で最初に買ったのは「未知との遭遇」だった。「戦場のメリークリスマス」は名盤だと思うし、長年版権の関係か名曲とされつつも出ていなかった「ラストタンゴ・イン・パリ」を手に入れた時はとても嬉しかった。当

然、ミュージカル映画も好きで、「ラ・ラ・ランド」はスコア版まで買ってしまった。

さて、そんな「劇伴（げきばん）」好きの私が、クラシック・バレエを全幕通しで観るようになったのはごく最近のことである。なので、もちろんチャイコフスキーの三大バレエ曲は知っていたものの、曲と踊りが一致するようになったのも本当に最近だ。

〈白鳥の湖〉はパロディで演奏されることも多いので、クラシックを聴かない頃から大体知っていたし、〈くるみ割り人形〉もバレエ抜きでよく演奏されるのでほとんど知っていたが、バレエを観ない限り、意外ときちんと聴く機会がないのが〈眠れる森の美女〉である。

クラシック・バレエの最高傑作と呼ばれる〈眠れる森の美女〉であるが、今ではバレエのガラ・コンサートでよくテーマ曲として演奏される第一幕冒頭の胸躍るテーマには、何度聴いても新鮮にわくわくさせられる。

そして、繰り返し全幕で観るようになり、観る度にじわじわ驚嘆させられるのは、チャイコフスキーの「劇伴」職人としての凄まじさなのであった。

「劇伴」を作る際のドキュメンタリーや本などで見聞きしたところでは、昔も今もこれらの作曲と編曲はたいへんな職人芸で、「こんな雰囲気で」「こんなイメージで」と細切れのメロディーを何十曲も短期間に作

る、というのが普通である。

ところが、バレエの場合、さらに「振付」という要素が加わるのだ。

三大バレエを振付したマリウス・プティパが、チャイコフスキーのために書いた〈眠れる森の美女〉の台本兼舞踊(ぶよう)プランというのを読んだことがある。

「簡潔なプラン」と但し書きが付いている割に、かなり具体的だ。いや、はっきり言って相当に細かい。

「オーロラ姫の登場。愛らしく生気はつらつとした4分の2拍子。32小節。終りは8分の6拍子で、力強く、16小節」「貴婦人方のためのアレグロ。48小節。小姓(こしょう)たちの踊りのしめくくりは、ポルカのリズム」「オーロラ姫のヴァリアシオン。4分の3拍子。ヴァイオリン、チェロ、ハープはピッツィカートで。ときにリュートとヴァイオリンで」等々。

プティパや他の関係者の書いたものを見るに、チャイコフスキーが指示を嫌がったとか、苦労したとかいう記録は残っていないので、チャイコフスキーはこの条件をあっさりクリアして職人芸を発揮したらしい。これだけの制約であの名曲の数々。キャッチーで一度耳にしたら忘れられないフレーズは、見事にダンサーのステップと一致し、プティパと一体化し、もはや音楽を耳にしただけでバレリーナの姿や足さばきまで蘇(よみがえ)るのである。

恐るべし、サントラ職人チャイコフスキー。「劇

伴」好きとしては、彼こそが最高のサントラ・マエストロであると讃(たた)えずにはいられない。

〈「月刊オーケストラ」(読売日本交響楽団)2018年3月号〉

**追記**

読売日本交響楽団のプログラム誌に書いたもの。その後、片付をしていて高校生当時のノートを発見。1981年5月22日に水戸で「三つのオレンジへの恋」を演奏したのは、ゲンナジー・ロジェストヴェンスキー率いるBBC交響楽団であったことが判明。全然違うじゃん！（でも、サヴァリッシュと見た目が似てたから、勘違いしたのも無理はないか……髪型とメガネだけか）

# 私のテーマ曲

　原稿を書いている時は、音楽をかけない。昔から「ながら勉強」ができないたちで、集中しているとすぐにうるさく感じてしまうからだ。特に、ヴォーカルの入った曲は、「聴くぞ」というつもりでないと聴けない。専ら、インストゥルメンタルで、構想している時や、リラックスしたい時、資料整理などの手作業をしている時、気持ちを上げたい時に音楽をかける。夕方、四時から六時にかけて流すことが多い。この辺りの時間、大体原稿に煮詰まってくる頃なので。

　これまで、明確に「この小説にこの曲」というテーマ曲があったのは『ドミノ』という小説で、プリンスの「ザ・レスト・オブ・マイ・ライフ」だった。ちょっとコミカルな曲調で、「生きていくのは大変だけど、今日はいつだって残りの人生の初めての日さ」という、人生賛歌っぽい歌詞が小説の内容と私の気分にピッタリ合っていた覚えがある。

　ここ数年、ずっと連載をしている『蜜蜂と遠雷』というピアノコンクールを題材にした話では、登場人物

がコンクールで弾く演目を繰り返し聴いてから、それぞれの演奏シーンを書いていた。リストの「ロ短調ソナタ」なんて、何回聴いたか分からない。そもそも登場人物のプログラムを作るために、数年がかりで膨大な量のピアノ曲を聴いていたのだが（非常に勉強になったし、面白かった。この機会がなければ聴かなかっただろうという曲もあったし）、当然、複数のコンテスタントがコンクールで弾くコンチェルトも含め五十曲余り、こっちまでほぼ暗譜してしまった。

今度連載が始まる『錆びた太陽』という小説は、『ドミノ』以来久しぶりに「これがテーマ曲だ」という曲がある。ストレイテナーの「VANISH-Prototype-」という曲で、構想している時にこの曲を聴いて、パッと冒頭の場面が浮かぶという珍しい体験をしたからだ。カッコいい曲で、やはり煮詰まってくるとこの曲を繰り返しかけて、自分を奮い立たせている。

〈「オール讀物」(文藝春秋)2015年7月号〉

**追記**

雑誌「オール讀物」の「私のテーマ曲」というアンケートエッセイへの回答。質問は「いままでに具体的な曲をイメージして書いた作品はあるか？　執筆中あるいは執筆前に気持ちを盛り上げるために音楽を聴くか？」でした。

# あの素晴らしい歌詞をもう一度

『センチメンタル・ジャーニー』
歌：松本伊代　作詞：湯川れい子　作曲：筒美京平

　伊代はまだ十六だから

　最初に彼女のデビュー曲であるこの歌を聴いた時、この部分を聴いた時の衝撃。TVの画面まで鮮明に覚えている。子供心にも（といっても松本伊代とは一歳しか違わないのだが）、この先歳を取ってもこの歌詞で歌うのだろうか、と思ったことまで。

　今にして思えば、その衝撃とは、アイドルが自己言及した、いわばメタフィクショナルな存在であると認めたことであった。むろんそれまでもフィクションを歌いつつも、本人の年齢に即した物語を演じていたのだが、まさかここで現実との境界をサラリと飛び越え、地続きにしてしまうとは。更にこのあと、アイドルという存在を逆手にとってセルフパロディ化してしまう小泉今日子の『なんてったってアイドル』の登場

まで四年を待たなければならなかったのだ。

今や確信犯的にどこまでも記号的なアイドルを演じきる、究極のアイドル＆歌謡曲の進化形であるももいろクローバーZを見るに、その端緒はこの「伊代はまだ十六だから」に遡るように思えてならないのである。

〈「オール讀物」(文藝春秋)2013年11月号〉

**追記**

同じく雑誌「オール讀物」の昭和歌謡曲特集で、印象に残っている歌詞、というお題への回答。最近、近田春夫(ちかだはるお)が筒美京平(つつみきょうへい)について書いた本を読んだが、この『センチメンタル・ジャーニー』の元ネタはギルバート・オサリヴァンの『アローン・アゲイン』だと気付いた、というのに「本当だよ！」とものすごく納得した。言われなきゃ絶対気付かなかったと思うので、筒美京平も近田春夫もすごい！と改めて感心。

# 「夜のヒットスタジオ」の頃

　歌謡曲と聞いて、思い浮かべるのは「スター誕生！」でも「ザ・ベストテン」でもなく、なぜか「夜のヒットスタジオ」である。

　あの、番組タイトルの丸みのある独特なロゴが目に浮かぶ。「夜のヒットスタジオ」という名前通り遅めの時間の番組だったため、子供時代の私は、見ている時にいつもパジャマ姿だったイメージがある。番組が終わったら速攻で寝かせられたのである。

　いつも腕組みをしてマイクを構えていた芳村真理（よしむらまり）。せいぜい照明が色付きになったりスモークを焚（た）く程度で、ほとんど何もないシンプルなスタジオセット。紹介されると、きびきび指揮をしつつもちょっとだけ振り向いて挨拶するダン池田。何より印象に残っているのは、その日に出演する歌手が順番にマイクをバトンタッチして、次に登場する歌手の歌をワンフレーズ歌う、というオープニングの場面だった。これがなかなかシビアなもので、自分の歌なら歌えるけれど人の歌はからきし、ということが起きて、歌手としての実力

が馬脚を現わすのである。

面白かったのは、新曲発表の時で、並んで座って聴いている他の歌手の反応が映るところだ。すごい曲、一度聴いてこれは絶対ヒットすると誰もが確信する曲の時、ひな壇で聴いている皆が圧倒されて青ざめている表情を見るのが、なんとも残酷な愉しみなのであった。それらの曲でよく覚えているのは、もんた&ブラザーズが「ダンシング・オールナイト」で登場した時、中森明菜が「飾りじゃないのよ涙は」を披露した時、もう引退を決めていた山口百恵が「謝肉祭」を歌った時である。どれも衝撃的だったが、特に明菜と百恵は凄味があって、どちらも当時二十歳そこそこだったことを思うと、昔のアイドルはオトナだったなーと感心せざるを得ない。

かつて（今でもそうかもしれないが)、歌手というのはヒット曲を出すのが至上命令だった。ヒット曲を歌い続けていないとたちまち忘れ去られ、姿を消す。つまり、圧倒的にシングルの時代だったのだ。LP盤のアルバムを出せる歌手は限られており、LPで聴くのはクラシックかジャズがメインだった。そういう意味では、歌謡曲の時代は作詞家と作曲家の時代でもあった。しばらくヒット曲の出ない歌手が作曲家「先生におすがりする」という台詞（せりふ）もあったっけ。

歌謡曲の時代の作曲家のすごいところは、完全な黒子（くろこ）であったことだ。筒美京平にしろ、都倉俊一（とくらしゅんいち）にし

ろ、曲を聴いただけでは誰が作った曲なのか分からない。歌手に応じて完璧に書き分け、実に変幻自在。芸術性などは求めず、あくまで商品に徹していた。言葉は悪いが、歌謡曲は見世物であるということをよく理解していたのだ。

その後しばらくして、小室哲哉（こむろてつや）の時代というのもあって（この場合、プロデューサーの時代と呼ぶべきか）、やはりいろんな歌手が彼に曲を作ってもらっていたが、彼の場合は聴いてすぐに小室哲哉の曲というのが分かる上に、誰が歌っても同じに聞こえ、すべてに小室哲哉の顔がぶらさがっていた。唯一、彼の曲を自分なりに歌いこなしていた中森明菜の曲だけがヒットしなかった、というのが何かを表わしているように感じたものだ。

歌謡曲の魅力は、なんとも言えぬいかがわしさがつきまとっているところだ。

華やかなスポットライトと実生活では有りえないステージ衣装の裏に、濃い闇と不幸の気配が漂っていた。

当時はヒット曲が出たら、とことん仕事を入れて歌わせる。喉を酷使し、歌番組で声が出なくなってしまうのもザラで、聴いているこっちがハラハラしてしまうこともよくあった。ヒット曲が出ないとたちまち人気者の座から滑り落ち、消えてしまう芸能界の残酷さもスパイスのひとつ。一発屋、あの人は今、などの不

名誉な称号もあった。

最近の歌が面白くないのは、芸能界が昔にくらべて健全な職場になってしまったせいもあるのではないか。歌謡曲の時代というのは、ヒット曲を老若男女で共有できた幸福な時代でもあった。新曲を楽しみにでき、新人歌手の登場にわくわくできた。あのあっけらかんとしたいかがわしさが懐かしい。まさか、それが幸福であったと気付く時代がやってくるとは！

〈「en-taxi」(扶桑社)Vol.35 2012年 Spring〉

**追記**

雑誌「en-taxi」の昭和歌謡曲特集に書いたもの。

# アルバム作品としてのサウンドトラック

ミュージカル映画ではない映画で、映画を観たあとでオリジナル・サウンドトラックを買ったことは数えるほどしかない。テーマ曲の素晴らしい映画はいくらでもあるけれど、映画一本分のサントラを、もう一度通して聴いてみたいと思うもの、しかも映画にぴたっと寄り添って、ちゃんとしたアルバム作品となっているものはめったにない。私がその稀有な例だと思う三枚がこれである。

一枚目はスティーヴン・スピルバーグ監督の『未知との遭遇』。音楽はジョン・ウィリアムズ。『スター・ウォーズ』から『ハリー・ポッター』シリーズまで、大作映画には欠かせない大御所で希代のメロディ・メーカーである。『未知との遭遇』は、タイトルにもなっている異星人とのファースト・コンタクトに音楽が使われることもあって、アルバムを聴いていると映画の場面場面が流れるように蘇ってくる。あの有名な五つの音を演奏し（学校なんかで、みんなでさんざん真似をしたものだ）、マザーシップがついに呼びかけに

応えるところでぱりーん、とガラスが割れる場面が強く印象に残っている。ラストシーンになだれ込むオーケストラの大団円が雄大で、映画のスケールとあいまって何度聴いても感動的。

二枚目は大島渚（おおしまなぎさ）監督の『戦場のメリー・クリスマス』。音楽は、言わずと知れた坂本龍一。『ラストエンペラー』も素晴らしいが、このサントラのアルバムはどの曲も美しく、ビートたけしの異様な笑顔がアップになり「メリー・クリスマス、ミスター・ローレンス」と繰り返すラストシーンが目に浮かぶ。エンドロールで流れるデヴィッド・シルヴィアンの歌「禁じられた色彩」も素晴らしく、正しいテーマソングとはこういうものであろう。

そして、三枚目。長らく手に入らず、音楽好きのあいだでもこの映画のサントラが欲しいと長いこと囁（ささや）かれていた。ベルナルド・ベルトルッチ監督、音楽ガトー・バルビエリの『ラストタンゴ・イン・パリ』である。今でも時々無性に聴きたくなり、つい一枚通して聴いてしまう。

過激な性描写のため、各国で上映禁止の憂き目をみて話題になった作品であるが、私はそんな予備知識は全くなく、テーマ曲だけを知っていたのと（いい曲だと思っていたし、曲とタイトルのイメージからロマンチックな恋愛映画を想像していた）、オリヴァー・ネルソンが編曲に関わっていたということのみの興味

で、学生時代に名画座で観た。

こんな内容の映画だったのか、と観てショックだったが、ショックだったのは性描写ではなく、全編に漂う殺伐とした不毛感と絶望感のほうだった。そして、バックに流れ続ける、バルビエリ本人が吹いている、なんともやるせないサックスの音に強烈な印象を受けたのだ。

後年（サントラを手に入れたのはかなりあとだ。映画を観てから十年以上経っていたと思う）、サントラの解説を読んでみたら、バルビエリは映画のラフカットを観て曲を作り、サックスを演奏したそうで、ちゃんと映画を通して観たことがなかったので、出来上がったものを観てショックを受けたという。それなのに、映画に通底する深い絶望感と傷（いた）ましさがあのタンゴのメロディと見事に合っていて、聴いていると胸が締め付けられる。

特に、ラストで、夜のパリの街で泥酔したマーロン・ブランドとマリア・シュナイダーが醜態を晒（さら）しつつ踊っているシーンに、ジャズ・ワルツにアレンジされたバルビエリのサックスが絡むところを映画館で食い入るように見つめていた自分の姿、そして息苦しいような、痛いような悲しみを覚えたことを今も鮮やかに思い出せるのだ。

〈「こころ」(平凡社)Vol.4　2011年〉

**追記**

雑誌「こころ」の映画音楽特集に書いたもの。

# 能楽堂で聴く、アルゲリッチの音色

なぜか唐突に、「第七天国」という言葉が頭に浮かんだ。

それはすっかり綺麗になったJR熱海(あたみ)駅から車で数分走り、MOA美術館の入口に着いて、えんえんと長いエスカレーターを上っている時のことである。

元々「第七天国」というのは、啓典(けいてん)の民(たみ)（ユダヤ教・キリスト教・イスラム教の信者）の用語で「七つの階層を持つ天使たちのうちいちばん上の階層の住(す)処(みか)」くらいの意味らしい（そういえば、街角でその名を持つキャバクラの看板を見たことがある）。ここMOA美術館の展示室の入口に辿(たど)り着くまで、幾つもの階層があり、それぞれ違う色の間接照明で照らされていたのが印象的だったのだ。

もっとも、私が思い出したのはハリウッドの古いモノクロ映画で、涙、涙のメロドラマ。自分の住むボロい屋根裏部屋を「第七天国」と名付けていた貧しい主人公が無理やり駆り出された戦争から帰還したものの、ようやく家に辿り着いた時には視力を失ってい

た。それでも自分を待つ薄幸な少女の下へ、一段一段必死に階段を這い上がり、「俺の第七天国に帰るんだ」とやっとの思いで扉を開ける場面なのだった。

リニューアルしたことが評判になっていたMOA美術館であるが、私は初めての訪問だった。それこそ天国みたいな山のてっぺんにある展示室に足を踏み入れると、そこは海を一望できる広いロビーである。薄曇りの、ブルーグレイの相模灘（さがみなだ）が、巨大な額縁となったガラス窓の向こうに見下ろせて、開放感に心が躍る。

緻密に照明を計算した展示室のガラスケースには鑑賞者の姿が全く映り込まないので、素通しで展示物を目にしているとしか思えない。ガラスのところどころに点が打たれていなければ、身を乗り出して頭をぶつけていただろう。収蔵されている美術品も名品ぞろい。仏像のコレクションも素晴らしかった。

カフェレストランで一杯ひっかけて、本日のメインイベントのある能楽堂に向かう。

マルタ・アルゲリッチと伊藤京子のピアノデュオと、アルゲリッチと弦楽四重奏団によるピアノ五重奏が演奏されるのだ。

最初は「能舞台でクラシックのコンサート」と聞いて「えっ」と思ったが、謡（うたい）や囃子（はやし）を上演する場所なのだから、確かに舞台は舞台である。

実際、演奏が始まってみると、とても聴きやすく、自然かつ親密な響きで楽しめた。

この少し前に都内の某ホールに行ったら、お風呂場みたいな響きで、楽器の欠点ばかり浮かんでくるように感じられ、「音楽専用ホールなのにこれ？」と首をひねらざるを得ないような体験をしたばかりなので、むしろ過不足のないバランスのよさに驚いたほどだ。

しかし、ホールというのは感じ方は人それぞれで、そこは演奏者には心地よいホールと言われているらしい。私も経験があるが、両者が心地よいホールというのは意外にないもので、舞台の上の演奏者が自分の音が聴こえず不安になったり、自分の音がとてもフラットで貧弱に聴こえて失敗した、と思ったりするようなところなのに客席で聴くととてもよい響きだ、という場合もある。

能舞台の床下には、反響をよくするために斜め上を向いた甕(かめ)が向きを少しずつ変えて複数置かれているという。頭上には入母屋造の屋根もあるし、それこそプライベートで、知人の家の客間で演奏を聴いているようなアットホーム感がある。

サッと上げられた五色の揚幕の向こうから、しずしずと橋掛りを演奏者が進んでくるのもサマになる。橋掛りの、あの本舞台に対する角度は奥行きを感じさせるためのもので、本舞台に向かってわずかに上昇しており、逆に本舞台は正面に向かってわずかに下降しているという。まるでヨーロッパの劇場のようだ。

この、細い橋を渡って舞台へ、というのはなかなか

に面白い。

アルゲリッチの娘、ステファニーが撮ったドキュメンタリー映画『アルゲリッチ　私こそ、音楽！』を観たことがある。アルゲリッチは演奏の前後はとてもナーバスになると聞いてはいたが、舞台の袖に来た段階でもなお「出たくないのよ」「弾きたくない」と言い続ける場面に胸を突かれた。確かに、舞台の袖からステージに出る瞬間というのは、大海に放り出されるようなもので、特に最近のコンサートホールは回転扉から舞台の上に「締め出される」ところも多く、どんなに場数を踏んでいても、一人で舞台に立つのがどれほど恐ろしいことか、多少なりとも想像できる。

だから、壁沿いに橋を通って舞台へ、という造りに不思議な鎮静効果があるように思えたのは、いつになくアルゲリッチがリラックスしているように見えたせいだろうか。

能は数えるほどしか観たことがないが、あの橋を目にすると登場人物が舞台に「出ていく」というよりは、舞台に――いや、はっきり言うと胎内に「帰っていく」という感じがするのである。

あの橋を通ることは胎内くぐりのようなもので、死と再生を経る過程なのだろう。

古来、日本では「橋」はあの世とこの世との境界の象徴だし、能の演目はほとんどが死者との対話なのだから、あそこで時間と空間の境目が溶けて、生者と死

者が時空を超えて行き来することが可能になる。

　それは白洲（しらす）越しに舞台を観ている客も同じ。舞台の上にいるほうが生者で、観ている我々が死者なのか？　あるいは逆なのか？　もしくは、どちらも混じりあっているのか？　そんなことをぼんやり考えているうちに、あっというまにステージは終わっていた。

「能舞台でのクラシック」初体験であったが、願わくばまたここに「帰ってきて」別のものを聴いてみたいし、願わくば、リラックスして演奏している（ように見えた）アルゲリッチにも「帰ってきて」いただき、リサイタルも聴いてみたいなあ、と思いつつ熱海を後にしたのだった。

〈「芸術新潮」(新潮社)2017年8月号〉

**追記** ――――――――

楽器は屋外で練習すると音が大きくなると言われている。外だと音が散って反響しないので、自分の出している音が聴こえにくいからだ。シカゴ交響楽団は世界に類を見ないほどの圧倒的な音量を誇るが、一説には本拠地であるシカゴ・シンフォニーセンターのホールの音響があまりにもデッドで、皆が聴こえるように音量を増やさざるを得なかったからだとか。練習環境は大事ですね。

# フルートと私

私は大学時代にビッグ・バンド・ジャズサークルに入っていた。演奏する曲目には流行りがあって、定番のカウント・ベイシーやデューク・エリントンといった楽団の曲以外に、八〇年代当時人気があったのは、秋吉敏子(あきよしとしこ)とルー・タバキンのビッグ・バンド、CSUN（カリフォルニア州立大学ノースリッジ）ジャズ・バンド、カナダのロブ・マッコーネル＆ボス・ブラスといったバンドのオリジナル曲だった。

まだCDはなく、レコードとカセットテープの時代である。楽譜はほとんど流通しておらず、入手できるものはかなり高価で、日々の演奏活動でリサイタル費用を稼ぐ学生バンドには、なかなか手の届くものではなかった。

というわけで、今思えば完全に違法行為ではあるが、バンド内にいる特に耳のいい絶対音感の持ち主が数人、最新のレコードを録音したカセットテープをウォークマンを囲んで繰り返し聴き、特に演奏したい曲の「採譜(さいふ)」という作業をすることになる。曲をワンフ

レーズ聴いてはそれぞれの楽器のパートを書き起こす、という気の遠くなるような作業のため、一曲起こすのに果てしなく時間がかかるのでそうそうできることではなく、時にはOBのプロのアレンジャーに頼んで、スコアを採譜してもらってもいた。私はその様子を見ていただけであるが、中でも採譜が難しそうだったのが、秋吉敏子のバンドだったと記憶している。

ビッグ・バンドは通常トランペット、トロンボーン、バス・トロンボーン、アルト・サックス、テナー・サックス、バリトン・サックス、ドラムス、ベース、ギター、ピアノで構成される。更に曲によっては、フリューゲル・ホルン、フルート、ピッコロ、クラリネット、バス・クラリネット、ソプラノ・サックスといった楽器を「持ち替え」して吹く。

秋吉敏子の曲は、この「持ち替え」が非常に多い。私はルー・タバキンをテナー・サックス奏者というよりはフルート奏者として覚えているくらいだ。「持ち替え」た楽器は短時間の演奏が多いので、何の楽器に「持ち替え」ているかはライナー・ノーツには記載されないことも多い。なので、「これ、何の楽器？」「ここ、どうやって音出してるんだろ？」と繰り返し聴いても分からないケースが出てくるのだ。

今でも覚えているのは、秋吉敏子の名アルバム『SALTED GINGKO NUTS（塩銀杏）』の中の一曲、「CHASING AFTER LOVE」。この曲のバッキングに何

度も出てくる、うねるような印象的なフレーズだ。「なんだ、これ？」「これ、どうやってるの？」とみんなで繰り返し聴いたが、とうとう分からなかった。

結局、それがソプラノ・サックス二本で演奏していると判明したのは、来日公演で実際に演奏しているのを目にしてである。

私はそれまで管楽器に手を触れたこともないのに、大学に入ってからアルト・サックスを始めた。今となってはよく卒業まで残れたと思うが、縦笛のアルト・サックスで手一杯で、全くアンブシュアの異なる横笛は最後まで苦手だった。更にお手上げだったのはピッコロで、音が高くてやたらと目立つ。「持ち替え」のことを考えると、未だに冷や汗が出てくるほどだ。

なので、フルートという楽器には今も一抹のコンプレックスと憧れとがないまぜになっている。そして、フルートと聞くといつも脳裏に蘇る曲は、かつて学生時代に繰り返し聴いた、『SALTED GINGKO NUTS』の冒頭の曲、ルー・タバキンの吹く「ELUSIVE DREAM」なのである。

〈「季刊ムラマツ」(村松楽器販売)Vol.146 2020年〉

**追記**

日本のフルート楽器の老舗（しにせ）メーカー、ムラマツさんの季刊誌に書いたもの。

# ピアノへの憧れから生まれた『蜜蜂と遠雷』

　武蔵野音楽大学のホール、バッハザールに映画『蜜蜂と遠雷』の撮影を見に行くため一人で向かっていた時、ずっと昔、初めてピアノを習い始めた頃のことを思い出した。

　当時、四歳の私は松本に住んでいて、スズキ・メソードの本拠地である松本音楽院にレッスンで通っていた。同じ教室の東誠三（あずませいぞう）さんが天才少年として話題になっていたのを覚えている。ぽっかり開けたところにある、大きな箱みたいな立派な白い建物。松本の空の広い感じと、バッハザールの周りの景色とがなんとなく似ていたせいかもしれない。

　最初についた片岡ハルコ先生はとても厳しく怖かったので、他の先生は苗字（みょうじ）しか覚えていないのに（引越が多かったので、五人の先生に習った）、この先生だけはフルネームで覚えている。おかげで基礎を叩きこまれたわけだが、その後も先生は皆怖くて、唯一「ピアノを弾くのは楽しい」と思わせてくれたのは、

秋田で一年間だけ習ったキクチ先生だった。このキクチ先生が、「僕のいちばん好きなピアニスト」と言って私が引っ越す時にリパッティのレコードを下さった。これがリパッティとの出会いで、今も愛聴しているので、キクチ先生には感謝している。

自分が天才ではないことには早々に気付いていたが、それでもピアノは好きだった。先生についていたのは中学二年までで、最後に習っていた曲はベートーヴェンの「悲愴（ひそう）」。中学三年の春に引っ越して以降は、高校時代まで自己流で弾いていた。

中学時代は合唱部に入っていてアルトパートを歌っていたが、伴奏者がいない時は大体私が伴奏していた。初見演奏に強かったので、重宝されていたのである。

小学校六年の時、リヒテルのレコード「ソフィア・リサイタル」の「展覧会の絵」を聴いて、あまりの衝撃に、弾けもしないのに楽譜を買ってもらった。むろん、ただでさえ手の小さい私にいちばん弾きたかった「キエフの大門」が弾けるはずもなく（「プロムナード」ですら怪しかった）、挫折したままであるが。

高校時代は学園祭でヘヴィ・メタルバンドのキーボードを弾いたり、吹奏楽部の定期演奏会のエキストラでハープのパートをピアノで弾いたり。

大学時代は上京してアパート暮らしになったので、ピアノとはお別れ。ビッグバンド・ジャズサークルに

入り、以来、ジャズばかり聴いていたが、社会人になり、三十代になって、またクラシックを聴くようになった。学生時代、同じサークルにいた男の子が、「大学に入るまでにさんざんジャズを聴いてきたので、聴くものがなくなって今はクラシックを聴いている」と言っていた意味が今ならばよく分かる。ジャズを聴く耳になった後でクラシックを聴くと、その凄さと面白さがより深く味わえるようになった気がする。ジャズでもクラシックでも、今でもやはりピアノを聴くのがいちばん好きだ。

このようにピアノとのつきあいは長かったのだが、まさか自分がピアノコンクールの小説を書くことになるとは、小説家になった時点でも夢にも思わなかった。

そもそものきっかけは、学生時代に部室が隣にあったサークル、モダン・ジャズ研究会をモデルにした小説を書いたことだった。その小説で、演奏シーンを書いてみたら、とても面白かったのである。その経験が頭に残っていて、それなら、自分でも長いこと弾いていたピアノの小説を書いたら面白いかも、と直感したのだ。「じゃあ、ピアノの小説って、どんな設定の小説だろう？」と考えた時に、はじめと終わりがはっきりしているピアノコンクールなんかどうだろう、と思いついた。

それと前後して、たまたま手にした新聞か雑誌で、

浜松国際ピアノコンクールに最初書類選考で落ちたコンテスタント（ラファウ・ブレハッチ）がオーディションに合格して参加し、するすると勝ち上がり最高位を獲ったのち、ショパン・コンクールで優勝した、というエピソードを読んだのである。ふむ、これは面白いな、小説っぽいエピソードだな、と思ったのが直接のきっかけだった。小説を連載する雑誌の担当編集者がたいへん音楽に詳しい人だったので、「協力してもらえるな」と思ったのも大きい。

そんなわけで小説のモデルにするために浜松国際ピアノコンクールに通い始めたが、いちばん苦労したのは、コンクールで登場人物が弾くプログラム作りだった。

幾らピアノを長いこと聴いてきたとはいえ、コンクールのプログラムという視点で曲を見たことなどなく、果たしてきちんとしたプログラムが作れるのかとても不安でたまらなかった。とにかく浜松国際ピアノコンクールのプログラムを参考に、まずは課題曲となる曲の音源を集めるところからスタートした。さすがに楽譜は全部は集められなかったが、平均律クラヴィーア曲集や、描写に苦労しそうな曲（リストのロ短調ソナタなど）や、コンチェルトの楽譜は購入した。

いちばん最初に決まっていた曲はたったのふたつのみ。

異能の天才少年、風間塵が一次審査で弾くバッハの

平均律クラヴィーア曲集第一巻第一番と、モーツァルトのピアノ・ソナタ第十二番ヘ長調K.332第一楽章である。

モーツァルトのK.332は、私が子供の頃に初めて弾いた時、文字通り雷に打たれたような衝撃を受けた曲だった。

その時のことは今でもよく覚えている。キッチンで私の弾いているピアノを聴いていた母が飛んできて、「いい曲ねえ」「だよねー」と二人で感激しあった光景が目に焼きついているのだ。

なので、これだけは絶対にこの天才少年に弾かせようと決めていた。しかし、他の曲は全くの白紙。平均律クラヴィーア曲集だけでも、このたくさんある曲の中からどれを選ぶか、ほとんど途方に暮れていた。ひたすら聴き比べて熟慮の末に選んだつもりではあるが、実は今でもこの選択が彼らに合っていたのか、他に合った曲があったのではないかと不安である。

プログラムを作っては、その順番通り音源を聴いてゆくという地道な繰り返し。こんなにも音楽を必死に、熱心に、いろいろなことを考えながら聴いたことはなかった。この労力を子供の頃に遣っていたら、もうちょっとピアノが上手くなっていたかも、と思ったほどである。

小説の連載と並行してプログラム作りも試行錯誤し続け、実際の演奏シーンを書く間際まで替え続けた。

たとえば練習曲。資料として聴き始めた頃はポリーニの名盤のあるショパンや派手なリストの練習曲のほうに親しみがあったので、登場人物にもこちらから選んで弾かせようと思っていた。ところが、ラフマニノフやバルトークなど、他の練習曲を聴き込んでいくと、こちらのほうが自分としては好みだと気付く。そうなると、そっちを弾かせたくなるもので、かなり入れ替えた。

浜松国際ピアノコンクールで実際に聴いて、この曲をマサルに弾かせようと思ったのはバルトークのピアノ・ソナタSz.80だ。弾いていたのは忘れもしない、今や広く活躍されている加藤大樹さんである。

コンクールに四回も通うと、見覚えのあるコンテスタントが他のコンクールで優勝していたり、プロとして活躍していたりと、ああ、あの人もこの人も出ていたな、と思うことが増えて感慨深い。これもコンクールならではの楽しみ方である。

コンクールは演奏時間が厳密に決められているので、時間も計らなければならない。音源の時間を足し算して規定内に収めるのには苦労した。本当はシューベルトかシューマンのソナタを入れたかったのだが、この二人のソナタ、どれもこれも長い曲ばかりなのである。プログラムの組み立て上、残念ながら入れられなかった。スクリャービンも面白い作曲家なので入れたかったが、彼の面白さを発見したのは連載を始めて

かなり経ってからだったので、これまた入れそこなってしまった。

本選で四人の登場人物が弾くピアノ・コンチェルトは、三人は比較的早く決まっていた。マサル・カルロス・レヴィ・アナトールがプロコフィエフの三番、栄伝亜夜がプロコフィエフの二番、高島明石がショパンの一番。

実は、栄伝亜夜が、かつてコンサートをドタキャンした時の曲がプロコフィエフの二番だったというのをずっと忘れていて、後から「おお、そうか、これでリベンジになったんだ」と気付いた。ずいぶん間抜けな話である。

迷ったのは、風間塵に何を弾かせるかである。バルトークがいいな、とは思っていたが、彼にもプロコフィエフの三番をマサルとは全く違う解釈で弾かせる、という案も捨てがたかったのだ。ずいぶん長いあいだ迷っていたが、あるCDを聴いてバルトークの三番に決めた。

2015年に出た、キース・ジャレットの古希の記念に日本で企画されたアルバムである。ジャズとクラシックの二枚組。そのクラシックのほうに収録されていたバルトークの三番の演奏がとても素晴らしく私好みだったので、「風間塵が演奏するのはこれだ！」と思ったのである。

演奏シーンを書くのはどれも非常に苦労したが、小

説の中で天才になりきってピアノを弾くのは楽しかった。かつてピアノを弾いていた時、まれに訪れる僥倖——あれはある種の「ゾーン」に入っていたのだろう——もはや自分でピアノを弾いている感じではなく、ピアノを弾いている自分をちょっと斜め上から俯瞰している状態——後ろで誰かが微笑みながら見守ってくれているような感覚——を思い出したりした。

書いているあいだは苦痛ばかりの小説だったが、完成した後では、小説の中でピアニストとして生きられたような気がして、なかなか得がたい体験ができた。

しかも、絶対に無理だと思っていた映画化が実現するなんて、もうほとんど撮影が終了しているこの時点でも信じられなかった。

バッハザールで、観客役の大勢のエキストラの皆さんと一緒に舞台の上の演奏シーンを眺めながら、この光景を子供の頃の自分に見せたいとしみじみと思った。ピアノに憧れていた自分、田んぼの畦道の中をレッスンに通った自分、モーツァルトに感激した自分、リヒテルに衝撃を受けた自分に。そして、改めて、今も私はピアノに憧れ続けているのだなあと実感したのだった。

〈「MUSASHINO for TOMORROW」(武蔵野音楽大学)
2019年10月 Vol.131〉

**追記**

こちらは、映画『蜜蜂と遠雷』の本選シーンの撮影にホールを使わせていただいた武蔵野音大さんの広報誌に書いたもの。この原稿がきっかけとなって、そのあとスズキ・メソードさんの機関誌で東誠三さんと対談することになったのだから、巡り合わせというのは不思議なものだ。

# チョ・ソンジン
# ピアノ・リサイタルに寄せて

スターというのはね、以前から知っていたような気がするものなんだよ。

なんというのかな、彼らは存在そのものがスタンダードだからね。世の中には現れた瞬間にもう古典となることが決まっているものがある。スターというのは、それなんだ。ずっとずっと前から、観客たちが既に知っていたもの、求めていたものを形にしたのがスターなんだね。

拙文で恐縮であるが、私がピアノコンクールを舞台にした小説で書いた台詞である。

第7回の、浜松国際ピアノコンクールで初めてチョ・ソンジンの演奏を聴いた時に、これと似たようなことを感じたのを覚えている。

当時彼は15歳。最年少のコンテスタントだったが、ピアノの前に座った姿は既に風格があり、老成した雰囲気とみずみずしさが同居しているという印象だ

った。演奏も目の覚めるような水際立ったもので、「この子が優勝しても驚かないなあ」と思っていたら、本当にあれよあれよという間に本選まで勝ち進み、優勝してしまった。

素晴らしいピアニストの演奏を聴くと、その演奏している姿、演奏の一瞬を切り取った表情が脳裏に残像として残るものだが、彼が目を閉じ、しばしば「ンッ」と声にならない気合のようなものを漏らす姿が今でも焼きついている。ピアノコンクールは何回も観ているが、こんなふうに何年経っても残像が残っているピアニストはなかなかいない。

パリでミシェル・ベロフに師事し、ショパン・コンクールで優勝したと聞いた時は、やはり彼はスターだったのだ、と思った。入賞者のガラ・コンサートを東京で聴いた時、パンフレットを読んでいて、彼が優勝後に言ったという言葉にハッと目が引き寄せられた。

「有名ではなく、卓越した演奏家でありたい」

卓越した演奏家。これは、コンクール優勝直後の大騒ぎの中で、なかなか言える言葉ではない。と同時に、彼のさえざえとした演奏する姿が蘇り、恐らく、彼は15歳のあの時から既に理想とする「卓越した演奏家」のイメージがあって、ぶれることなくそれをずっと目指してきたのだな、そしてコンクールはその過程に過ぎないのだな、と腑に落ちた。だからすんなりとそんな言葉が出てきたのだろう。

みずみずしくも風格がある。直近の演奏を聴いてもその印象は変わらない。ただ、演奏を観る度に一回りずつ大きくなっていっているのが分かる。彼は、その時その時での「卓越した演奏」を追求しているのだ。

こうしてスターの誕生と成長過程を見続けるというのは、興味深く新鮮な経験である。同時代に成長を目撃できるスターがいるというのは幸せなことだ。これからも彼の進化していく「卓越した演奏」を目撃し、体験し続けたい。

〈「チョ・ソンジン ピアノ・リサイタル 2017年日本公演」コンサートプログラム(ジャパン・アーツ)〉

**追記**

浜松国際ピアノコンクールのご縁でコンサートプログラムに書いたもの。チョ・ソンジンさんが優勝した時のコンクール期間中、エレベーターで彼と一緒になったことがあって「頑張ってください」と声を掛けたのだが、きっと覚えてないだろうな。

# 第10回浜松国際ピアノコンクールに寄せて

　ピアノコンクールをテーマにした小説『蜜蜂と遠雷』を書くために、初めて第六回の浜松国際ピアノコンクールを訪れた時は、よもやこの先四回に亘(わた)って通いつめることになるとは予想もしていなかった。始めた連載に苦戦し、思いのほか超長期連載になってしまったせいもあるが、同じコンクールに続けて通うということ自体が面白くなったのも大きい。コンクールと共にこちらの耳も成長していく実感があり、「あれから少しは進化したかな」と自分の耳をどきどきしながら試すのも、楽しみのひとつになっていったのだ。

　三年に一度の、まさに世界の若き才能のショーケース。演奏や選曲にもはっきりと流行があることが分かり、才能を育てる名伯楽の系譜にも気付かされる。何より、いいコンクールにはいい才能が集まる。今になって過去のプログラムを見返すと、入賞者以外でも「ああ、あの子もこの人も出ていたのか」と、めぼしい才能を網羅していたことに驚かされる。

続けていくこと。それが何であれ、いかに難しいことか。音楽家でも、小説家でも、そしてコンクールもそれは同じである。一度のコンクールに費やされる、膨大な労力。そこに参加するコンテスタントが、出場までに積み上げてきた時間。約二週間のコンクールで観客が目撃するのは、数々の才能のみならず、コンテスタントたちの個々の歴史、更にはその師匠たちが積み重ねてきた歴史でもある。それを目にしたいと思うのは、未知なる音楽、まだ見ぬ才能をいかに我々が強く望んでいるかということの顕(あらわ)れなのだろう。厳しい世界と人生を生きる私たちは、常に、切実に、新しい、そして至上の音楽を必要としているのだから。

〈「THE 10th HAMAMATSU INTERNATIONAL PIANO COMPETITION Official Program Nov. 8-25, 2018」〉

**追記** ――――――――

第10回にして、コンクールのプログラムに原稿を書くことに。感無量。